魔法戦士リウイ　ファーラムの剣

煙火の島の魔法戦士

水野 良

ファンタジア文庫

1679

口絵・本文イラスト　横田　守

目次

プロローグ

燃《も》えるような赤い鱗《うろこ》で全身を覆《おお》われた巨大《きょだい》な生き物が、風を切り裂《さ》いて飛翔《ひしょう》している。

竜《ドラゴン》であった。最強の魔獣《まじゅう》として恐《おそ》れられ、最強の幻獣《げんじゅう》として敬われてもいる。

竜の名は、クリシュという。

かつて、その竜は人間であった。竜を神のごとく崇拝《すうはい》する竜司祭《ドラゴンプリースト》たちが会得する究極の能力《タレント》を使い、転生を遂《と》げたのだ。

クリシュは人間としては一度、死んでいる。そして竜の卵に転生し、二十年の時を経《へ》て孵化《ふか》した。

まだ幼竜《インファントドラゴン》である。

「でも……もうすぐ……」

クリシュの首のつけねにまたがっている浅黒い肌《はだ》をした娘《むすめ》がつぶやいた。

娘は、その身に一糸もまとっていない。吹《ふ》きつける風が、胸と腰《こし》に巻かれていたわずかな布《ぬの》を、いつのまにかひきちぎっていったのだ。

だが、娘は気にもしていない。衣服で身を隠《かく》そうとするのは、人間の行いだからだ。竜が衣服を身に着けることはない。身体《からだ》を覆《おお》うのは鎧《よろい》のごとき鱗だ。

「もうすぐ……」

娘は、ふたたびつぶやいた。

遥《はる》か彼方《かなた》に、島がひとつ見える。いびつな形をしていて、噴煙《ふんえん》をたなびかせている円錐《えんすい》形《けい》の山がそびえていた。

眼下に広がるのは青黒い海。ところどころに浮《う》かぶ白い塊《かたまり》は流氷だった。

「わたしたちは……束縛《そくばく》から……解放される。そして……」

娘はそこまでを言うと、口を閉《と》ざした。

その先は、人間の言葉を必要としなかったから……

壁《かべ》となって遮《さえぎ》る大気を打ち砕《くだ》くように、娘は高く咆哮《ほうこう》を発した。

第1章　炎《ほのお》と氷の島

1

港の桟橋《さんばし》に向かって、一艘《そう》の船がゆっくりと接岸しようとしていた。

バイカル王国の海の民《バイキング》が使う櫂船《ガレー》である。船体は細長く、船の中央を貫《つらぬ》く竜骨《キール》は、船首と船尾《せんび》の部分で高く反《そ》り返り、それぞれ竜《ドラゴン》の頭と尾《お》の彫刻《ちょうこく》が施《ほどこ》されていた。

「やっと着いたな」

船の舳先《へさき》に立ち、竜の彫刻に手をかけながら、長身でごつい体格をした男が、ゆっくりと旅の仲間を振《ふ》り返った。

リウイである。剣《つるぎ》の王国オーファンの妾腹《バスタード》の王子にして魔法戦士《ルーンソルジャー》だ。

「思っていたより、長旅だったたね」

小柄《こがら》な黒髪《くろかみ》の娘《むすめ》が大きく伸《の》びをする。

彼女はミレル。オーファン盗賊《とうぞく》ギルドの一員だが、今は密偵《みってい》として王国に仕えている。

バイカルの港町アルマを出発し、アレクラスト大陸北岸沿いに西へと進んできたのだが、潮流も風向きも始終、逆向きであった。そのため日数がかかったのだ。

「ですが、航海のあいだ何事もなかったのは幸いでしたわ」

純白の神官衣《しんかんい》をまとい、豪奢《ごうしゃ》な金髪《きんぱつ》をした女性が微笑《ほほえ》みながらうなずく。

彼女はメリッサ。戦神マイリー教団の侍祭《じさい》であり、仕えるべき勇者であるとの啓示《けいじ》をマイリー神より授かり、リウイの従者となった。

胸の前で手を組み、嵐《あらし》や海賊《かいぞく》に遭遇《そうぐう》しなかったことを神に感謝する。

「ひどく寒かったけどね」

毛皮のコートに身を包んだ栗色《くりいろ》の髪《かみ》の女性が、思いだしたように身体《からだ》を震《ふる》わせた。

アイラである。リウイとは幼なじみであり、オーファン魔術師《まじゅつし》ギルドの同期だ。そして許嫁《いいなずけ》でもある。しかし結婚《けっこん》の約束をしてから、もう何年も経《た》つのに、その約束が果たされる様子はない。

今の季節は夏だが、アレクラスト大陸の北側の海は冷たい潮が流れていて、陽が照っていないと船底から冷気が伝わってくる。

それで、いつも持ち歩いている魔《ま》法《ほう》の袋《ふくろ》から、雪豹《ゆきひょう》の毛皮のコートをひっぱりだしてきた。そのコートには魔法が付与《ふよ》されており、身に着けていれば、いかなる寒さも防ぐことができる。

船に乗っているあいだ、アイラはいつもそのコートを着込んでいた。

「わたしは、寒さに慣れてるからな。あのぐらいのほうがすごしやすい」

燃えるような赤毛をした長身の女性が、ぼそりと言う。

ジーニである。ヤスガルン山脈《さんみゃく》の小部族出身の狩人《かりゅうど》にして女戦士だ。故郷《こきょう》のヤスガルン山脈は寒冷な気候で知られ、一年の多くを雪と氷に覆《おお》われている。

革《かわ》のマントを巻いてはいるが、その下に着ているのは、肌《はだ》の露出《ろしゅつ》が多い下着のような服だ。贅肉《ぜいにく》ひとつない鍛《きた》え抜《ぬ》かれた肉体をしているが、胸と腰《こし》は豊かで柔《やわ》らかな曲線を描《えが》いている。

やがて、櫂船《ガレー》は桟橋に繋留《けいりゅう》され、渡《わた》し板がかけられた。

それを伝って、リウイたちは桟橋に降り立つ。

港の岸には、十人近い人々が出迎《でむか》えていた。そのうちのひとりの年齢《ねんれい》四十ほどの髭面《ひげづら》の男が進みでて、リウイに手を差し伸《の》べてくる。

「氷と炎の島へようこそ。オレはエルセン。ギアースの氏族に属し、この火山島マウナスの代表をしている……」

エルセンと名乗った男は、この港町がアクラという名で、千人ほどが暮《く》らしていると続けた。他にも小さな集落が点在し、全島の人口は千五百人ほどだという。

「オーファンの王子リウイだ。父の命《めい》で魔法《まほう》の武具を探《さが》し集めている……」

リウイは島の領主《りょうしゅ》とかたく握手《あくしゅ》する。

「おまえたちの話は、ギアース族長から早舟《はやふね》で連絡《れんらく》を受けている。我《われ》らが本国の危機を救ってくれたそうだな。なかなか大変な事情があるようだが、できるかぎりの協力はさせてもらうぞ」

エルセンはわずかに強《こわ》ばらせながらも、笑顔を浮かべた。

彼は、リウイたちがいかなる目的でこの島に来たのか、ギアース族長からすべて知らされている。

そうしてくれるよう、リウイがギアースに頼《たの》んだのだ。

この島のどこかに、魔法王の鍛冶師《かじし》ヴァンが鍛《きた》えた武具が眠《ねむ》っている。それを探しだすことが、第一の使命だ。

しかし、この島では、もうひとつやらねばならないことがある。

クリシュを幼竜《インファントドラゴン》から成竜《レッサードラゴン》へと脱皮《だっぴ》させることだ。

クリシュの世話をしている竜司祭《ドラゴンプリースト》の娘ティカの話によれば、火竜がもっとも好む棲処《すみか》である火口の近くなら、成長が促進《そくしん》され、脱皮の時期が早くなるという。

リウイは竜の爪《つめ》を打ちこむことにより、クリシュを呪的《じゅてき》に支配してきた。だが、脱皮するとき、竜はあらゆる魔法や呪《のろ》いの影響《えいきょう》から自由になる。

クリシュはリウイに支配されていることに、怒《いか》りと憎《にく》しみを覚えているから、戦いになるのは避《さ》けられない。

リウイはもう一度、竜の爪を打ちこんで、クリシュを支配しなおすしかないのだ。

その次にクリシュが脱皮するのは、老竜《エルダードラゴン》になるときだ。しかし、それは何十年も先のことだろう。当面、心配しなくていい。

失敗すれば、もっとも獰猛《どうもう》とされる火竜の成竜が自由を得て、解《と》き放たれることになる。その場合、この島は火竜の狩猟《しゅりょう》場となり、住人は獲物《えもの》とされるだろう。当然、島を捨てるしかなくなる。

それを承知したうえで、エルセンはリウイたちを迎《むか》えたのだ。しかし、その心中にはおそらく、複雑なものがあろう。

「迷惑《めいわく》をかける。しばらく滞在《たいざい》することになると思うから、よろしく頼む」

リウイはエルセンに詫《わ》びるように一礼した。

「まずは宿舎に案内しよう。空《あ》き家《や》をひとつ用意したから、自由に使ってくれ。必要そうなものは運びこんでおいたが、足りないものがあれば申し出てくれ」

エルセンは答えると、港からそう遠くない場所にある一軒家《いっけんや》に、リウイたちを案内した。二階建《だ》てで、部屋が五つに台所まである立派《りっぱ》な建物である。

「必要なら、手伝いを通わせるが？」

家のなかをひととおり案内したあと、エルセンは申し出た。

「いや、それには及《およ》ばない。冒険者《ぼうけんしゃ》暮らしが長いからな。自分たちでやる習慣が身についてるんだ」

「そうか……」

エルセンはうなずいた。

「ささやかだが、今宵《こよい》、歓迎《かんげい》の宴《うたげ》を用意している。しかし、まずは旅の疲《つか》れを取るといい」

「例の風呂《ふろ》かい？」

海の民は、焼けた石で空気を熱した風呂に入る習慣がある。全身から汗《あせ》が噴《ふ》き出し、毒《どく》気《け》もともに抜《ぬ》けるという。

族長ギアースの屋敷《やしき》に滞在《たいざい》しているあいだ、リウイは何度か、その風呂に入っている。毒気が抜けたかどうかは分からないが、爽快《そうかい》な気分になるのは確かだ。

「風呂の施設《しせつ》もあるにはあるが、ここは〝神の心臓〟ラーヒを抱《いだ》く火山島だからな。良質の温泉がそこかしこに湧《わ》いている。この港の近くにもひとつあるから、そこへ案内しよう。海で冷えた身体《からだ》も芯《しん》から温まるぞ」

「身体に染《し》みついた潮気《しおけ》も抜きたいところだし、そうさせてもらうとするか……」

リウイはそう言って、同意を求めるように仲間たちを振《ふ》り返る。

四人の仲間は、思い思いにうなずいた。

2

エルセンに案内されたのは、港から山に向かって、すこし登った谷間の河原《かわら》だった。

高温の湯が湧きだす場所がいくつかあり、河原を掘《ほ》り、石で囲って造《つく》った湯船《ゆぶね》に溜《た》めてある。そのままでは熱いから、川の水で埋《う》めて適温《てきおん》にすればいいとのことだった。

説明を終えると、エルセンは港へともどっていった。

四人の娘《むすめ》たちはいちばん大きな湯船に浸《つ》かり、リウイはすこし離《はな》れた小さな湯船に入る。

「一緒《いっしょ》に入ってもいいのに……」

湯船の縁《ふち》に両手を置き、そこに顎《あご》を乗せながら、ミレルが寛《くつろ》いだ表情でリウイに声をかけてきた。

「さすがに、それはな」

リウイは苦笑まじりに答えた。

気心の知れた仲だけに、かえって気恥《きは》ずかしい。冒険をしているときには意識しないが、彼女らは皆《みな》、若い女性なのだ。

リウイひとりで湯船はいっぱいだったが、身体《からだ》は存分に伸《の》ばすことができる。

背後にある泉源《せんげん》からはもうもうと湯気が立ち上っていた。目の前を流れる川は幅《はば》が狭《せま》く、流れは速い。周囲には、寒冷な気候にも耐《た》えられる背の低い樹木が茂《しげ》っているだけで、そびえたつ火山〝神の心臓〟の雄大《ゆうだい》な姿が遮《さえぎ》られることなく見えた。

すそ野は緩《ゆる》やかな円錐形《えんすいけい》に広がり、山頂付近は白く雪に覆《おお》われている。灰色《はいいろ》の噴煙《ふんえん》をたえず吐《は》き出し、青空を濁《にご》していた。

「なかなか、いい景色《けしき》だな」

湯で顔を洗いながら、リウイはひとりごとのようにつぶやく。

「あいつと、もう一度、戦う……か」

そして、のんびりと空を見上げながら、ぽつりとつぶやいた。

「あいつって、クリシュのこと？」

耳のいいミレルには、リウイのひとりごとは聞こえたようで、隣《となり》の湯船から身を乗りだしながら訊《たず》ねた。

細い足はばしゃばしゃと水を蹴《け》っていて、飛沫《ひまつ》があがっている。

「この火山島に来て、ようやく実感したんだ。いつかこうなることは覚悟《かくご》していたんだけどな……」

リウイは数年前に、エア湖《こ》に浮《う》かぶ連奇岩《れんきがん》の祠《ほこら》で、卵《たまご》から孵化《ふか》したばかりのクリシュと一度、戦っている。そして竜の爪《りゅうつめ》を打ち込んだのだ。

幼竜とはいえ、決して容易《たやす》い相手ではなかった。成竜ともなれば、比較《ひかく》にならないほど手強くなることだろう。ふたたび竜の爪を打ち込むのは、至難《しなん》であるに違《ちが》いない。

「あのとき支配するんじゃなく、倒《たお》しておけば、こんなこともなかったんだけどな」

リウイは苦笑《くしょう》をもらす。

「後悔《こうかい》しておられるのですか？」

メリッサはすらりと伸《の》びた手足の肌《はだ》を確かめるように丹念《たんねん》に撫《な》でていた。

「後悔はしてないが、我《われ》ながらいつも難易度《なんいど》の高いほうばかり選んでいるな、と……」

「たしかに、あのとき、クリシュを倒すのは難《むずか》しくはなかったろう」

ジーニが燃えるような赤い髪《かみ》を乱暴に湯で洗いながら笑い声をあげる。流れる湯で、その声が乱れていた。

「わたしがそのとき一緒にいたら、そうするよう主張していたでしょうね……」

アイラが大袈裟《おおげさ》にため息をつく。

そのときには、彼女はまだ魔法《まほう》の指輪のなかに囚《とら》われていたのだ。

指輪から解放されて、まず驚《おどろ》いたのはリウイが幼竜を連れていたことである。

事情を聞いて、アイラは呆《あき》れはてた。

「ま、それぐらいで、リウイが考えを変えたとは思えないけど」

「変えなかっただろうな……」

リウイはそう言うと、自らの顔に湯をばしゃっとかける。

湯はわずかに白濁《はくだく》し、硫黄《いおう》の臭《にお》いが感じられた。クリシュの吐息《といき》からも同じ臭いがする。

「クリシュは昔《むかし》、人間だった。竜となって暴《あば》れたのにも理由があるしな」

「自分の部族を滅《ほろ》ぼされたからだと聞いているけど？」

アイラの問いに、リウイはうなずく。

クリシュは、かつてエア湖畔《こはん》に集落を営《いとな》んでいる小部族ブルムの族長だった。

エア湖の周辺には、もともと数多くの竜が棲息《せいそく》していたらしく、ブルム族は竜を神のごとく崇拝《すうはい》していた。

そして竜を崇拝することで、竜の能力《タレント》を会得《えとく》した者が現れた。それが竜司祭《ドラゴンプリースト》である。

クリシュ自身、高位の竜司祭だった。

その当時、エア湖の南岸に栄《さか》えていたモラーナ王国の国王は、竜の能力を有するブルム族をひどく恐《おそ》れた。

そこで、族長であるクリシュを宮廷《きゅうてい》に招《まね》き、宴《うたげ》の席で毒殺《どくさつ》を謀《はか》ったのである。しかしクリシュは毒では死なない身体《からだ》であった。いっとき、意識を失ったものの、しばらくして息を吹《ふ》き返し、集落へともどる。

だが、そのときには、ブルム族の集落は、モラーナ王国の軍勢により破壊《はかい》しつくされていた。部族の民も大勢が殺され、生き延《の》びた者も集落を捨てざるを得なかった。

クリシュは部族が完全に滅《ほろ》ぼされたと思い、モラーナ王国に復讐《ふくしゅう》を誓《ちか》う。

そして、竜に変《シェイプチェンジ》身し、モラーナ王国を繰《く》り返し襲撃《しゅうげき》した。そして、ついには王族を皆《みな》殺《ごろ》しにしたのである。

「竜の能力を恐れたモラーナ国王の気持ちは分からなくはないけどね。実際、クリシュに滅ぼされたわけだし……」

アイラは身体が熱くなってきたので、湯船の縁《ふち》に腰《こし》をかけていた。厚手の布《ぬの》を巻いて胸と腰は隠《かく》し、足だけを湯につけている。

「モラーナ王国の当時の貴族や騎士《きし》の心が、国王から離れていたからだろうな。騎士団が命懸《いのちが》けで戦えば、たとえ相手が竜であろうとそうそう負けることはないから……」

モラーナ王国が滅びたあと、有力貴族たちは勢力争いを繰《く》り広げる。やがて統一《とういつ》され、ザイン王国が興《おこ》った。

「クリシュはその後、モラーナ王家最後の生き残りであるメレーテ王妃《おうひ》を狙《ねら》い、ファンの街に飛来したんだ。そして当時のファン王国も国王の突然《とつぜん》の崩御《ほうぎょ》で混乱し、内乱状態だった。クリシュを迎《むか》え撃《う》てる力はなかった」

「だから、メレーテ様は傭兵《ようへい》や冒険者《ぼうけんしゃ》を募《つの》られたのですよね？」

メリッサが濡《ぬ》れた髪《かみ》を丁寧《ていねい》に撫《な》でながら言った。

普段《ふだん》は豊《ゆた》かに波うち、先のほうは巻《ま》き髪《がみ》になっているのだが、濡れているときだけはまっすぐに伸びる。それが何気に嬉《うれ》しかった。

「リジャール王……リウイのお父さんが、その呼びかけに応じたんだよね？」

ミレルは湯船からあがり、発展途上《とじょう》と主張する胸を隠そうともせず、手で扇《あお》いで火照《ほて》った顔に風を送っている。

「初めてメレーテ妃に会ったとき、親父《おやじ》はその高貴な美しさと聡明《そうめい》さに魅《み》せられたそうだ。そして一命に懸《か》けて、竜を倒《たお》すと誓《ちか》った」

リウイは苦笑まじりに答えた。

「リジャール様は当時から、名の知られた冒険者であり、傭兵だったと聞いています」

メリッサがうなずく。

「古参《こさん》の傭兵から聞いたんだが、リジャール王を雇《やと》った側は、一度も戦《いくさ》に負けなかったらしいな……」

そう言ったのは、ジーニだった。

「不敗の傭兵として、傭兵たちのあいだでは語り継《つ》がれている」

「親父は専属《せんぞく》の吟遊詩人《ミンストレル》を雇って、いろいろな詩を作らせていたそうだからな。どこまでが本当の話か分からないぜ」

リウイが苦笑まじりに言った。

リジャールが当時、アレクラスト大陸で最強の戦士のひとりなのは間違《まちが》いないが、それが広く知られているのは、その吟遊詩人の力によるところも大きいそうだ。

「そう言えば、冒険者時代のリジャール王には、わたしの祖父が後援《こうえん》していたそうね。その縁《えん》で、建国したばかりの頃《ころ》、オーファンの財政を任されたんだけど……」

「あくどく稼《かせ》いでたって、盗賊《とうぞく》ギルドの古株《ふるかぶ》から聞いたよ？　アウザール商会は、そのとき大きくなったって」

ミレルがじとりとした目をアイラに向ける。

「オーファンの財政の基礎《きそ》もしっかり築《きず》いたんだからいいじゃない？　私財を蓄《たくわ》えたこと

も否定はしないけどね……」

アイラは胸を張って答えた。

そのはずみに巻いていた布がはずれそうになり、あわてて手で押《お》さえる。

それを見たミレルが、むっとした顔になる。

「親父は、アイラのお祖父《じい》さんには、かなりの借金をしていたらしいな。冒険者《ぼうけんしゃ》としても成功していたし、傭兵としての報酬《ほうしゅう》も破格だったそうだが、とにかく派手《はで》に金を使っていたらしい。それも自分の名声をあげるためなんだろうな」

「リジャール王って剛胆《ごうたん》な人だと思っていたけど、いろいろ計算してたんだね」

ミレルが意外そうに言った。

「剛胆なのは間違いないが、若いときから一国の王になるという野心を抱《いだ》いていたそうだからな。そのために必要なことは、何でもやったんだろう……」

古代王国が滅亡《めつぼう》した直後の混乱期とは異なり、大陸全土があらかた治まっている時代に、一介《いっかい》の戦士から身を起こし、王になったのは奇跡《きせき》というしかない。

無論、運もあったのだろうが、父が夢《ゆめ》に向かっていつも本気で行動したのは、間違いない。その生き方には共感できるし、誇《ほこ》りにも思う。

「カーウェスの爺《じい》さんやジェニおばさんを仲間にしたのも、夢を実現させるにはふたりの力が不可欠だと思ったからだろうな。かなり強引《ごういん》な手段を使ったらしいぜ。ふたりはそのことについて、よく愚痴《ぐち》っていた」

「リジャール様、カーウェス様、そしてジェニ様……」

メリッサが厳《きび》しい表情になり、胸のまえで手を組む。

「生きながらにして伝説になっているような方々が全力で戦って、クリシュの変身竜を倒されたわけですね」

「かなりぎりぎりの戦いだったらしい。あの戦いについては、三人ともあまり語りたがらないからな」

「そんな相手に、わたしたちだけで戦うの？」

アイラが顔をしかめる。

「ティカもいるじゃないか？　彼女はクリシュの世話をしているあいだに、竜司祭としての修行《しゅぎょう》がずいぶん進んだらしいぜ。竜が吐《は》く炎《ほのお》で傷つくこともないから、頼《たよ》りにしていいはずだ。それに親父たちが戦ったクリシュの変身竜と転生竜である今のクリシュは違うしな。ティカの予想だと、幼竜から成竜になったとしても、転生前よりもまだ強くはないらしい。転生前の強さを取り戻《もど》すのは、老竜になってからだそうだ」

「転生前より強くないというのはありがたいけど、あたしたちもリジャール王たちと比べるとねぇ」

ミレルが苦笑を浮かべる。

「まだまだ未熟《みじゅく》というしかないからな」

ジーニが憮然《ぶぜん》としながらうなずいた。

「全力を尽《つ》くすのみですわ。あとは、戦神マイリーの加護《かご》を祈《いの》りましょう」

メリッサはそう言うと、静かに瞑目《めいもく》し、わずかに天を仰《あお》いだ。

その後、全員が無言になり、お湯が湧《わ》きだす音と川の流れの音だけが残る。

しかし、その静寂《せいじゃく》は突如《とつじょ》として破られた。

「ひゃっほーい！」

歓声《かんせい》とも怒声《どせい》ともつかぬ叫《さけ》びが起こり、川上の方向から地響《じひび》きのような音がした。

あわてて声のほうを振《ふ》り返ると、小柄《こがら》だががっしりとした体格の人型の生き物が凄《すさ》まじい形相《ぎょうそう》で走ってきている。

その数は五人。

「ドワーフ……」

リウイはつぶやいた。

全員が灰色《はいいろ》や茶色の髭《ひげ》を伸《の》ばしている。肌《はだ》も濃《こ》い体毛で覆《おお》われていた。

武器などは持っていない。それどころか、ドワーフたちは皆《みな》、何も身に着けていなかった。股間《こかん》にぶらさがっているものが、激《はげ》しく揺《ゆ》れている。

ジーニたちも彼らに気づいていたが、あまりに突然《とつぜん》の出来事なので呆然《ぼうぜん》としている。

ドワーフたちのほうにも、こちらが見えているはずだが、まったく気にした様子もない。

そのまま猛然《もうぜん》と走り込んでくると、ジーニたちが入っている大きな湯船のほうへと次々と飛び込んでいった。

水柱が立ちのぼり、飛沫《ひまつ》が雨のように降り注いでくる。

「わしの勝ちだな！」

ひとりがそう叫んで、太い腕《うで》を振りあげた。

そして、ようやく先客の存在に気づく。

「やあ……」

ドワーフは笑顔を浮《う》かべ、陽気に声をかけてきた。

しかし、次の瞬間《しゅんかん》――

「てめぇら！」

ミレルが裏街言葉《スラング》で叫ぶと、鋭《するど》い回し蹴《げ》りをそのドワーフのこめかみに放った。

「ぐほっ」

野太い呻《うめ》き声《ごえ》をあげ、ドワーフは昏倒《こんとう》する。

ほとんど同時に、ジーニとメリッサも行動を起こした。

そして、しばらくすると、五人のドワーフはまるで海に投げ込まれた空《あ》き樽《だる》のように、ぷかぷかと湯船に浮かんだのである。

3

「それは、不幸な出会いだったな」

港町アクラの長エルセンは、腹《はら》を抱《かか》えんばかりに笑っていた。

すでに日は暮《く》れ、空には星が輝《かがや》いている。

港の広場にいくつもの篝火《かがりび》が点《とも》され、その周囲で酒宴《しゅえん》が開かれていた。酒は本国から運んできたばかりの新鮮《しんせん》なものだ。海の民の族長ギアースが持たせてくれたのである。

町の人々も食料や酒を持参して、自由に参加していた。大皿《おおざら》に盛《も》りつけられた料理がそこかしこに並《なら》べられ、空の酒杯《しゅはい》を持っていると溢《あふ》れるまで注がれる。

何人かが楽器を鳴らし、皆が大声で歌い、踊《おど》っていた。

リウイたちはそんな喧噪《けんそう》の中心で、エルセンをはじめとする島の有力な家長たちと、車《くるま》座《ざ》になっている。そのなかには昼間、河原《かわら》の温泉で出会った五人のドワーフもいた。

エルセンが不幸な出会いといったのは、彼らとのことである。

「遠くから裸《はだか》で走ってきて、いきなり飛び込んでくるんだもの。そりゃ驚《おどろ》くよ」

ミレルがドワーフたちを睨《にら》みつけた。

「すまなかったのう。誰《だれ》がいちばんに湯に入るかで競争《きょうそう》しておったのだ。服は途中《とちゅう》で脱《ぬ》ぎ捨《す》ててな」

ドワーフのひとりが豪快《ごうかい》に笑いながら答える。

この火山島で暮らすドワーフたちの長で、コゴルという名だと、エルセンから紹介《しょうかい》されていた。

島の住人たちとドワーフたちとは、良好な関係にあるらしい。

「おまえさんらがおったのは、気づいていたのだが、躊躇《ちゅうちょ》してられなかったものでな」

もうひとりがうなずく。

「それにしても、みんな、見事にのされてしまったのう」

三人めがそう言って、むうと唸《うな》り声をもらした。

「事情も聞かずに手を出したのは、彼女らも悪かったけどな。しかし、今にも襲《おそ》いかかってゆきそうな勢いだったからな」

リウイは苦笑をもらす。

「人間の女なんぞ、襲《おそ》ったりせんわ。細っこくて、なんの魅力《みりょく》もない。女はもっとこう首がむちっとしていて、手足もむちっとしていて、胸も腰《こし》もむちっとしないとな」

コゴルが真顔《まがお》で言い返し、両手で空に曲線を描《えが》く。

「とにかく、むちっとしているのがいいのね……」

ミレルがため息をついた。

彼らにとって魅力的な体型でなくて、幸いだったと思う。

「機会があれば、わしの女房《にょうぼう》に会わせてやろう」

ドワーフの長は、リウイに言った。

「それにしても、この島にドワーフ族が暮らしていたとはな」

そんな話は、聞いたことがなかった。

「古代王国の時代に、先祖が何家族か連れてこられたのだ。もともとはヤスガルン山脈《さんみゃく》の氏族だ。今も交流があってな。わしの嫁《よめ》も、ヤスガルンの生まれよ」

「グードンの街にあるドワーフ集落か？　オレたちはオーファンの人間なんだ」

グードンはオーファン第二の都市であり、最近、モラーナ王国が公国として再興され、リウイの腹違《はらちが》いの弟カシアスが、大公として即位《そくい》している。

「リウイ殿《どの》は、オーファンの王子なのだよ」

エルセンがコゴルに言う。

「ほう?」

ドワーフの長は、まじまじとリウイを見つめた。

「ヤスガルンの部族とオーファンの関係は良好らしいな。建国して早々に、国王はグードンの族長のもとに挨拶《あいさつ》に行ったらしい。そして十日連続で酒宴をやったそうだ。オーファン全土から麦酒《エール》が集められ、振《ふ》る舞《ま》われたと聞く」

「親父《おやじ》らしいぜ……」

コゴルの話を聞いて、リウイは思った。

ヤスガルン山脈には豊かな鉱物資源がある。それを活用するには、優《すぐ》れた鍛冶師《かじし》であり、細工師でもあるドワーフ族の協力はなくてはならないものだ。

ドワーフ族が精錬《せいれん》した金、銀の何割かはオーファンの国庫に入ってきているし、彼らが鍛《きた》えた高品質の武具はオーファンの騎士《きし》、兵士が装備《そうび》している。また細工物や工芸品などは、貴重《きちょう》な交易品として他国へ輸出されている。

「それにしても、古代王国の魔術師《まじゅつし》たちは、あんたたちの先祖を、なぜここに連れてきたんだい?」

リウイはコゴルに訊《たず》ねた。

「それは、この島に世界最高の溶鉱炉《ようこうろ》があるからだ」

誇《ほこ》らしげに、コゴルは答えた。

「溶鉱炉？」

「そうだ。それを使えば、真銀《ミスリル》の鉱石でさえ、容易《たやす》く溶《と》かすことができる」

「もしかして、古代王国の魔術師が、それを造《つく》ったのか？」

「そうだ。その溶鉱炉を造った魔術師は、名前をヴァンという……」

「ヴァンだって！」

リウイは驚いて、思わず腰を浮《う》かせていた。

「ヴァンの名を知っておるのか？　さすが博識《はくしき》だのう」

「知ってるも何も、オレたちはその魔術師が鍛えた魔法《まほう》の武具を探《さが》し求めて、この島にやってきたんだ。目的は、他にもあるけどな」

「ほう？」

コゴルは目を丸くした。

「ヴァンが創《つく》った武具なら、たしかに溶鉱炉には残されておるが……」

「あるのか？」

リウイは身を乗りだす。

「あるといえばあるのだが……」

コゴルは言葉を濁《にご》し、仲間たちと顔を見合わせた。

「たしかに、あれはのう……」

他のドワーフたちも苦笑を浮かべる。

「なんだか、事情がありそうね」

アイラがリウイの服をつまんで、くいくいと引き戻す。

「そのようだな……」

リウイは腰を落ち着け、コゴルの言葉を待った。

「わしが説明するより、おまえたちが自分で見たほうが話が早かろう。わしらは、ただ溶鉱炉を使っておるだけで、古代王国が残したものには、あまり手を触《ふ》れんようにしておるのだ。魔術は、わしらドワーフとは無縁《むえん》のものだからのう」

「あんたたちが集落に帰るとき、オレたちも連れていってもらえると嬉《うれ》しいんだが？」

リウイは申し出る。

「わしは、さっきおまえたちを招待《しようたい》したではないか？　無論、歓迎《かんげい》するぞ」

コゴルはそう言って、両手を広げた。

「ありがたい」

リウイはドワーフの長とかたく握手《あくしゅ》をかわす。

さほど大きくない島だけに、そう難《むずか》しくないと思ったが、第一の使命であるヴァンの武具については、早くも目途《めど》がついた。

「それにしても、今日の酒はうまいのう」

コゴルはそう言うと、手にしている酒杯から一気にエールを飲みほすと、ぷはっと息を吐《は》く。

「本国から今日、送られてきたばかりだからな。客人が来てくれたおかげだ」

エルセンが笑いながら、酒杯を掲《かか》げた。

「なるほどのう。それでは、わしらからも返さねばなるまい……」

コゴルはそう言うと、仲間のひとりにうなずきかける。

「ちゃんと持ってきておるぞ」

そう答えたドワーフは、側《そば》にあった荷物をごそごそと探《さぐ》り、硝子《ガラス》製の瓶《びん》を取りだした。

硝子は深い緑色をしていた。

ドワーフたちが作ったものだろう。瓶には精緻《せいち》な模様が浮《う》き彫《ぼ》りにされている。

「そいつは？」

見事な細工だと感心しながら、リウイはコゴルに訊《たず》ねた。

「わしらドワーフが蒸留《じょうりゅう》して造った火酒だ。強さだけなら、間違《まちが》いなく世界一だろう。というより、これ以上、強くはならん。混ざりもののない純粋《じゅんすい》な酒精《しゅせい》だよ」

「ドワーフ製の火酒か……。聞いたことはあるな」

「そのまま呑《の》むものではないがな。試しにすこし舐《な》めてみるか？」

「酒を勧《すす》められて、断《ことわ》ったことはないんだ」

リウイは笑顔でうなずくと、酒杯を空《から》にし、水で一度、洗ってから差しだした。

「篝火《かがりび》に気をつけろ。その名のとおり、すぐに燃えあがるからな」

コゴルが忠告する。

リウイは酒杯に顔を近づけ、まず臭《にお》いを嗅《か》いでみた。

鼻を刺《さ》すような刺激《しげき》がある。

慎重《しんちょう》に一口、含《ふく》んでみた。

まさに火を入れたような感覚が口のなかに走り、舌の形がはっきり分かるほどに熱くなってゆく。飲み込むと、その熱さが喉《のど》から胃まで順に伝わってゆく。

「こ、こいつは強烈《きょうれつ》だな」

リウイはぷはっと息を吐《は》く。

炎《ほのお》を吐く竜《りゅう》になった気分だった。

しかし口のなかには、わずかな甘《あま》みが残っている。それは悪くない味わいだった。

「わしらは雪や水で割って飲んでいるが、女たちは果汁《かじゅう》に入れると飲みやすかろう」

コゴルはそう言うと、砂《さ》糖《とう》漬《づ》けにした果物《くだもの》の入った壺《つぼ》を取ってきた。

その果物をひとつ酒杯《しゅはい》に入れると、火酒を注《そそ》ぎ、水で薄《うす》める。それを細い木匙《もくさじ》でかき混ぜてから、リウイの隣《となり》に座《すわ》っていたアイラに手渡《てわた》した。

アイラは恐《おそ》る恐る酒杯に口をつけてみる。

「本当、甘くて飲みやすい……」

驚いたように言うと、酒杯をミレルとメリッサに回す。

「お酒って感じしないね」

「ええ、美味《おい》しいですわ」

ふたりはうなずきあうと、それぞれの酒杯で同じものを作って飲みはじめた。

ジーニは甘い酒は好みではないと、水だけで割ったものを試してみる。

「悪くないな……」

そして満足げにつぶやいた。

「オレもそれにしよう」

リウイは酒杯に水を足すと、指でかきまぜ、飲みはじめた。

そのあと、リウイは海の民やドワーフたちから聞かれるままに、大陸各地のことを語っていった。

海の民は今でも世界中を巡《めぐ》っているが、昔《むかし》ほどには盛《さか》んではない。だが、彼らの気持ちは、いつも海の彼方《かなた》に向けられているようだ。

一方、ドワーフたちは、あまり旅をしない種族である。冒険者《ぼうけんしゃ》に加わっているドワーフは変わり者なのだそうだ。だが、彼らとて、外の世界には関心がある。リウイの話に、興味《きょうみ》深く耳を傾《かたむ》けた。

やがて女性や子供たちも集まってきて、目を輝《かがや》かせながらリウイの話に聞き入る。

喜ばせてやろうと、リウイは怪物《かいぶつ》との戦いの話なども混ぜはじめた。伝承《でんしょう》のような話し方をしておいたが、すべて本当に経験したことだ。

調子に乗って吟遊詩人《ぎんゆうしじん》の真似《まね》をして詩を唄《うた》ってみたり、古代語やエルフ語などを交えてみたりもした。

子供たちは大興奮《だいこうふん》で、リウイにまとわりついてくる。しかし夜が更《ふ》けてくるにつれ、母親にひきずられて家へと帰された。

「……柄《がら》にもないことをした」

子供たちがいなくなり、ようやく静かになってから、リウイは苦笑《くしょう》を浮《う》かべた。

「いやいや、楽しかったぞ。吟遊詩人としてもなかなかのものだな」

「うむ、わしの女房《にょうぼう》にも聞かせてやってくれ。どうやら話はまだまだありそうだしのう」

エルセンとコゴルがうなずきあう。

「この火酒のせいだな。いつになく、酔《よ》っぱらった」

「あれだけ飲んで、平気でいることが、不思議だわい。女たちのほうが普通《ふつう》だ」

コゴルはリウイの仲間たちを見る。

アイラはリウイの肩《かた》にもたれ、爆睡《ばくすい》していた。

メリッサは正座し、リウイに向かって、さっきから延々と説教を続けている。話の内容はまったく脈絡《みゃくらく》がないが、とにかくいろいろと不本意のようだ。

ジーニは呪払《のろいばら》いの紋様《もんよう》を指でなぞりながら、思い出したようにリウイの顔を小突《こづ》いてくる。殴《なぐ》ってくるというほうが正確だが、リウイは彼女のしたいようにさせていた。

自分も酔っているせいか、あまり痛くない。

そしてミレルはリウイの膝《ひざ》に仰向《あおむ》けに転がって、意味もなくケラケラと笑っていた。

「おまえさんも大変だのう」

「そうでもないぜ……」

リウイは首を横に振《ふ》った。

「同じ男として、羨《うらや》ましいかぎりだ……」

エルセンが大笑いする。

「海の民の女は気が強くてな。ひとりだけでも持て余す」

「物足りないより、いいんじゃないのか？」

「まさに、そのとおりだ！　おまえは女というものをよく知っている」

エルセンはリウイの肩をばんばんと叩《たた》いた。

「それじゃあ、オレは彼女らを連れて帰らせてもらうぜ。最後までつきあえなくて、申し訳ないが……」

「いや、そろそろ終わりにしてもいい時間だろう。おかげで楽しい酒席になった」

リウイはミレルの頭をいったん地面に降ろし、肩にもたれかかっているアイラを片手で抱《だ》きあげる。

「空に火の玉が飛んでるよぉ。赤かったり白かったりして変だよねぇ」

ミレルが空を指差しながら、笑い声を響《ひび》かせる。

変なのはどっちだよ、と心のなかでつぶやきながら、リウイはミレルを肩に乗せた。

「落ちるなよ？」

しがみつく。

「このあたしが、落ちるだって？」

ミレルは裏街言葉《スラング》で言い返したが、その途端《とたん》、ぐらりと揺《ゆ》れて、あわててリウイの首に
「ほら、落ちない」

ミレルはケラケラと声を立てる。

「息ができないって……」

リウイは首にかかったミレルの腕《うで》を外し、頭に回させる。

髪《かみ》の毛《け》を思いっきり摑《つか》まれたが、そのほうが安全だ。

「ジーニもメリッサも、行くぞ」

ジーニはまだ酒杯を片手に持ち、残る手は誰《だれ》かを殴《なぐ》ろうと振《ふ》り回している。

メリッサは正座をしたまま闇《やみ》に向かって、説教を続けていた。

「よし、やるか？」

なにをやるのかは知らないが、ジーニはふらふらと立ち上がった。

「不本意の極《きわ》みですわ。お座《すわ》りになって、わたくしの話を聞くのです。偉大《いだい》なるマイリーはお嘆《なげ》きですよ……」

メリッサはぶつぶつとつぶやきながらも、ジーニに続いた。

「気をつけてな」

エルセンとコゴルらに見送られながら、リウイは夜道を歩きはじめた。

そして思い出したように、夜空を見上げた。ところどころ薄雲《うすぐも》で隠《かく》れているが、星々が煌《きら》びやかにまたたいている。

「火の玉なんかないよな？」

ミレルがそんなことを言ってたのを思いだす。だが、夜空のどこにもそんなものは浮かんでいない。

ミレルはリウイの頭にもたれかかり、寝息《ねいき》をたてている。

だが、ずり落ちそうになると、目を覚まし、またもとの姿勢にもどる。

落ちないと言っただけはあるな、とリウイは苦笑をもらしながら、宿舎へと向かった。

4

「あの他所者《よそもの》のおかげで、美味《うま》いものを腹一杯《はらいっぱい》に食えたたな」

男は上機嫌《じょうきげん》で家に入ると、妻である女性に呼びかけた。

「本当は、もっといたかったんでしょう？」

妻は笑いながら答える。

　ここはアクラの街からわずかに離《はな》れた場所にあり、男は近くの森から木を伐採《ばっさい》し、製材するまでを仕事としていた。

　男はもうすぐ五十で、妻は五歳《さい》ほど年下である。ふたりの息子《むすこ》とひとりの娘《むすめ》はもう独立していて、この家には夫婦ふたりで住んでいる。

　新しい船を建造するための材木の納品が遅《おく》れており、酒宴《しゅえん》の席で船大工《ふなだいく》の親方に見つかり、厳《きび》しく叱《しか》られたのだ。そのため、やむなく酒宴を早めに切りあげてもどってきたのである。

　だが、正直に言って、飲み足りない。

　男は暖炉《だんろ》のまえにある椅子《いす》に腰《こし》を下ろし、くすねてきた酒瓶《さかびん》を取りだした。

　妻もそれを見て、鍋《なべ》に残っていた燻製肉《くんせいにく》と豆の炒《いた》め物を温めなおす。

「それにしても、あのオーファンの王子。この島で、竜と戦うつもりらしい。まあ、本気ではあるまいが……」

　犬頭鬼《コボルド》を見て、巨人《ジャイアント》に出会ったと吹聴《ふいちょう》するようなものだ。偽《いつわ》りの武勲《ぶくん》で、自分を虚飾《きょしょく》する者はどこにでもいる。

「エレミアの王様みたいに、女だけを旅の道連れにしているなんて、あたしゃ、気に入りませんね」

「若い女どもは、騒《さわ》いでいたがなぁ。まあ、こんな島で暮《く》らしていたら、外の暮らしに憧《あこが》れるのも無理はない」

「北海の航路をムディールから取り戻《もど》したって、エルセンさんが言ってましたよ。オーファンは北海沿岸に大きな港を造るらしく、本格的な貿易がはじまるんですって。親方が材木を急がせているのも、そのためでしょうねぇ」

「それが本当なら、この島ももっと豊《ゆた》かになるだろう。ロドーリルとの戦も終わったことだし、海の民が昔《むかし》の繁栄《はんえい》を取りもどせるといいのだがなぁ」

「だといいですねぇ」

男の言葉に、妻は笑顔でうなずいた。

そのときである。

妻は窓の外が、赤と白の光で不規則に照らされているのに気づいた。

「いったい、なんでしょうねぇ……」

これまで経験のない不思議な出来事に不安を感じながら、窓の外を見る。

光は空から降り注いでいるようで、家の周囲を妖《あや》しく照らしていた。

「見てこよう……」

酒に酔って気が大きくなっていることもあり、男はゆっくりと立ち上がると、家の外へと出た。

そして上空を見あげる。

家の煙突《えんとつ》のすぐ上に、球状をした炎《ほのお》のようなものが揺《ゆ》らめいていた。形は絶えず変わり、赤い光と白い光がまるで喧嘩《けんか》をしている猫《ねこ》のように入り乱れている。

男はじっとそれを見つめた。だが、そんなものに対する知識は、何も持っていない。精《せい》霊《れい》か幽霊《ゆうれい》の類《たぐい》としか、思えない。

男は近くにあった桶《おけ》を手に取り、家のすぐ側にある小さな池に水を汲《く》みにゆこうとした。家が火事にでもなれば大変である。水でもかければ、どこかへ逃《に》げてゆくだろうと、酔った頭で考えたのだ。喧嘩している猫もさかっている犬も、それで片がつくものだ。

しかし、男は池に桶を入れようとして、硬《かた》いものに弾《はじ》かれるのに気づいた。

奇妙《きみょう》な光を頼《たよ》りにして水面を見つめると、池の水がすべて凍《こお》りついている。

その瞬間《しゅんかん》、酔いが覚《さ》めた気がし、背中がぞくぞくとした。気がつくと、池の周囲の草は真っ白な霜《しも》に覆《おお》われており、地面には霜柱まで立っている。

「今は、夏だぞ？」

男は思わず、声をあげていた。

あの奇《き》怪《かい》な光が原因としか思えない。

男は後ろを振《ふ》り返った。

驚《おどろ》いたことに、光は地面近くにまで降りてきていて、まるで男を見つめるようにゆっくりと明滅《めいめつ》していた。

「どこかへ行ってしまえ！」

男は手にしていた桶を光に向かって投げつける。

あくまで偶然《ぐうぜん》だったが、桶は見事に光に命中した。

「どうだ！」

男は勝《か》ち誇《ほこ》ったように胸を反《そ》らす。

しかし、次の瞬間《しゅんかん》、真《ま》っ赤《か》な光が男を包みこんだかと思うと、その全身は猛烈《もうれつ》な炎《ほのお》に包まれていた。

男は自分になにが起きたのかも気がつかないまま、ゆっくりと倒《たお》れる。

そのとき悲鳴があがったのは、家のなかから、男の妻が出てきたからだ。

まるで燃えあがる丸太のようになっている夫のもとへ駆《か》け寄《よ》ろうとする。

しかし、彼女の全身も、すぐに炎に包まれた。

火だるまとなったまま夫のもとに転がると、彼女も動かなくなる。

赤と白とに明滅する光は、突然《とつぜん》、ふたつに分裂《ぶんれつ》すると、炎を噴《ふ》きあげるふたりの上をぐるぐると回った。

そして光はその形を変えてゆく。

ひとつは人間の娘《むすめ》のような姿だった。そしてもうひとつは蜥蜴《トカゲ》のごとき姿である。

双方《そうほう》ともその全身を、赤い炎で揺らめかせているかと思えば、白く結晶化《けっしょうか》したりを不規則に繰《く》り返している
「この世界は……秩序《ちつじょ》に満ちている」

娘の姿をしたものが、人間の言葉を発する。下位古代語《ロー・エンシエント》であった。古代王国時代に使われた日常語である。

「力は分化され……混じりあうことはない」

蜥蜴の姿をしたものが、それに応《こた》えるように言った。

「ここには……大いなるふたつの力が……存在している」

「我《われ》らが……ひとつとしなければ」

「すべては始源《しげん》の状態に……」

「ひとつにして……完全なるものに……」

娘と蜥蜴の姿をしたものは、ふたたび融合《ゆうごう》する。

ゆっくりと空に舞《ま》いあがると、赤と白に不規則に明滅しながら、夜の空を北へと目指し

て、飛び去ったのである。
そして、次の瞬間、夫婦の住処《すみか》であった家が、真っ赤な炎に包まれた――

第2章　神の心臓《しんぞう》

1

歓迎《かんげい》の宴《うたげ》があった次の次の日、リウイたちはドワーフたちに同行して、彼らの集落を目指し、港町アクラを発《た》った。

ドワーフ族の集落は〝神の心臓〟ラーヒ火山のすそ野の地下にあるという。

マウナスは火山島であり、大地は噴出《ふんしゅつ》した溶岩《ようがん》が固まってできたものだ。それゆえ土地は荒《あ》れている。森は育っているが豊《ゆた》かとはいえず、大地を覆《おお》う草もまばらだ。黒々とした岩山や真っ白な火山灰《かざんばい》の泥土《でいど》がむきだしとなっている荒野《こうや》が続いている。見ているだけで、気が滅《め》入《い》ってきそうな景色《けしき》だった。

しかし、ここのドワーフたちは陽気な性格で、歩いているあいだも話を絶やすことなく、ときには大声で歌を唄《うた》う。

リウイも自分たちの旅の話を、求められるまま聞かせた。

ドワーフたちがとくに興味《きょうみ》を示したのは、東の果ての島《イーストエンド》だった。イーストエンドは良質の砂鉄を産し、しかも独自の精錬《せいれん》技術で強靭《きょうじん》な鋼《はがね》を作り出している。その製法はドワーフにも真似《まね》できないらしい。

「蛇神《じゃしん》が伝えたとか言ってたかな？　しかし、あの鋼はイーストエンドの貴重《きちょう》な輸出品だしな。できれば、真似しないでやってくれ」

「技術を盗《ぬす》むつもりはないが、自分たちができないというのが癪《しゃく》でのう……」

「鎖国《さこく》を解《と》き、海の民《バイキング》と交易をはじめるそうだから、一度、行ってみたらいい。美しい島だぜ？」

「おお！　それもいい考えだのう」

コゴルは目を輝《かがや》かせた。どうやら本気らしい。

ドワーフたちのおかげで、賑《にぎ》やかな旅となった。

そして、それが起こったのは、半日ほど歩いたときだった。

昼食を取ろうとしていた矢先、巨大《きょだい》な生き物が南の空から飛来してきたのである。

「あれは、竜《ドラゴン》ではないか？」

コゴルらドワーフが、その生き物の正体に気づいて、大騒《おおさわ》ぎをはじめた。

「喰《く》われてしまうぞい！」

「わしらは脂《あぶら》がのっているからのう……」

「どこかに穴《あな》はないか？　潜《もぐ》りこまねば！」

ドワーフたちはあわてふためき、右往左往《うおうさおう》する。

ただひとり、族長のコゴルだけは戦斧《せんぷ》を構え、その場でじっとしていた。

「落ち着いてくれ」

リウイはドワーフたちに呼びかける。

「あれは、オレが飼っている竜なんだ」

「竜を……飼っているだと？」

コゴルは目を丸くした。

「事情を話すと長くなるんだが、とにかく心配しないでくれ」

そしてリウイはクリシュの意志を捕《つか》まえ、自らのところへ呼び寄せた。

怒《いか》りと憎《にく》しみの感情をあらわにしながらも、クリシュは命令に従う。

すこし離《はな》れた場所に着地し、巨大《きょだい》な翼《つばさ》を折りたたむ。そして鼻から不満げに白い煙《けむり》を吐《は》きだした。硫黄《いおう》の臭《にお》いが、あたりに強く漂《ただよ》う。

クリシュの首には、ひとりの娘《むすめ》がまたがっていた。そこから飛び降りると、リウイの側《そば》までやってきた。

竜司祭《ドラゴンプリースト》の娘《むすめ》、ティカである。

驚《おどろ》いたことに、彼女は全裸《ぜんら》だった。

リウイはあわてて身に着けているマントを外して、彼女の肩《かた》にかける。

「クリシュを連れてきてくれて、ありがとうな」

リウイは礼を言って、ティカと抱擁《ほうよう》をかわそうとした。

しかし、

「それは、人間《にんげん》の、習慣だから……」

と、ティカは無表情に答えると、リウイの腕《うで》からすっと逃《のが》れる。

「そうだな……」

リウイは苦笑《くしょう》を浮《う》かべた。

竜司祭としての修行《しゅぎょう》とは、自らの人間性を否定することであるらしい。彼女はクリシュの世話をすることで、竜司祭としての能力を急速に高めていた。あとすこしで完全な竜に変身できるとも聞いている。

それと同時に、どんどん人間離《ばな》れしている感がある。昔《むかし》は愛らしい笑顔を見せてくれたし、話し方にも感情がこもっていた。しかし今は人間の言葉を話すことさえ、煩《わずら》わしそうだった。

クリシュを任せきりにして、ティカが変わってゆくのに気づくのが遅《おく》れたのだ。そして気がついたときには、彼女はもはや引き返せないところまで行っていたのである。

彼女はすでに人間と決別する覚悟《かくご》を決めている。

「これから、どうしたら、いい？」

ティカは静かに訊《たず》ねてきた。

「クリシュは、火山の火口で待機させよう。ティカはオレたちと一緒《いっしょ》に来てくれ」

このまま行かせたら、彼女がもはや人間ではなくなる気がする。彼女との最後の時を、たとえ短くとも、仲間たちとともに過ごしたいと、リウイは思ったのだ。

「どこへ、行くの？」

ティカの瞳《ひとみ》が、縦に細長く絞《しぼ》られる。それは人間ではなく、竜の瞳だった。

「ドワーフ族のところへな。そこに、ヴァンが鍛《きた》えた魔法《まほう》の武具があるらしい」

「クリシュの、世話は？」

「すこしのあいだなら、腹《はら》を空《す》かせておいていいさ。クリシュの餌《えさ》は、たっぷり用意させているからな」

火竜にとって、もっとも快適《かいてき》な棲処《すみか》である火口でゆっくりさせ、存分に餌を与《あた》える。そうして成長を促《うなが》し、成竜へと脱皮《だっぴ》させようという計画なのだ。もうすこしすれば、大量の家畜《かちく》を載《の》せた交易船《こうえきせん》が到着《とうちゃく》する予定である。

クリシュのことに決着をつけるまで、この島を離《はな》れるわけにはゆかない。

リウイはクリシュに、神の心臓の火口へ向かうよう心話で呼びかけた。

クリシュは気怠《けだる》げに首をもたげると、噴煙《ふんえん》が立ちのぼるラーヒ火山の頂《いただき》を見あげた。そして珍《めずら》しく不満の意志を表さず、翼《つばさ》を大きく広げ、羽ばたかせる。

火竜が飛び去ってゆくのを見届けて、ドワーフたちは大きく息をついた。

「こんな間近で、竜を見ることがあろうとはのう……」

コゴルがうめく。

「事情とやらは、ゆっくり聞かせてもらうぞ？」

「もちろんだ。あんたたちにも、すべてを承知《しょうち》してほしいからな」

リウイはそう答えた。

2

黒々とした溶岩《ようがん》の間に、何かの記念碑《きねんひ》のように、その白銀の塔《とう》は建っていた。

塔の正面に入口があり、螺旋《らせん》階段で地下へ降りてゆく。そしてその地下には、巨大《きょだい》な遺《い》跡《せき》が広がっていた。

火山から流れでる溶岩が固まったときに生じる天然の洞窟《どうくつ》を巧《たく》みに利用し、通路や部屋が蟻《あり》の巣《す》のように造《つく》りあげられていた。ドワーフ族が建築したのだろう。彼らは、古代王国の時代においても最高の技術者であり、職人であり、芸術家だ。古代王国の魔術師《まじゅつし》たちは、ドワーフ族を奴隷《どれい》とはせず、高額の報酬《ほうしゅう》で雇《やと》い、仕事に従事させたらしい。古代王国の遺跡や遺物には、ドワーフ族の手が入ったものが数多くある。

「まずは、わしらの溶鉱炉《ようこうろ》を見てもらうとしよう」

コゴルに案内され、リウイたちはこの地下遺跡《いせき》のなかで最大だという広間に入った。

そこは作業場のようで、魔法の明かりで煌々《こうこう》と照らされ、作業台や道具が整然《せいぜん》と並《なら》べられている。

そして広間のいちばん奥《おく》に大型の装置があった。

近づいてゆくと、その異様《いよう》さにリウイたちは思わず目を瞠《みは》る。

言葉で表すなら、台座に据《す》えられた巨大な赤黒い肉塊《にくかい》であった。網《あみ》の目《め》のような血管が取り巻き、どくどくと脈打《みゃくう》っている。金属製の支柱や管が肉塊を固定している。

「あれこそが、わしらの溶鉱炉だ」

コゴルが誇《ほこ》らしげに言った。

「これが……溶鉱炉だって？」

リウイは息を呑《の》んだ。

「これって、心臓じゃないの？」

アイラが口に手を当てながら、呆然《ぼうぜん》とつぶやく。

ジーニは呪払《のろいばら》いの紋様《もんよう》を手でなぞり、メリッサは小さくマイリーの名を唱《とな》える。

そしてミレルはもとからつぶらな瞳《ひとみ》をいっぱいに開いて、その異様な光景を呆然と見つめていた。

「いかにも、心臓だ……」

コゴルは大きくうなずいた。

「これは、竜の、心臓だわ」

ティカの声は、わずかに震《ふる》えていた。

リウイがはっとして彼女を見つめると、両眼が真《ま》っ赤《か》に光っている。激《はげ》しい怒《いか》りが、その表情からうかがえた。そこにあるのが竜の心臓ならば、竜司祭であるティカにとっては、許しがたい所業《しょぎょう》だろう。

彼女が暴《あば》れだすのではないかと思い、リウイはいつでも動けるよう身構えた。しかし、彼女は竜の心臓をじっと見つめるだけだった。

「いかにも、神代《じんだい》の竜のものだと聞いておる。この火山が、神の心臓と呼ばれているのは、おそらくこれが由来だろうの」

　コゴルが説明する。

「その神代の竜は、この火山に棲《す》みついていたものだろう。古代王国の魔術師《まじゅつし》たちは、その竜を捕《と》らえ、生きたまま心臓を取り出した。そして世界最高の溶鉱炉としたのだ」

「惨《むご》いことをするな……」

　リウイは顔をしかめた。

「魔法王の鍛冶師《かじし》ヴァンの仕業《しわざ》かしらね」

　アイラがため息まじりに首を横に振《ふ》る。

「間違《まちが》いないな。いかにも、あいつがやりそうなことだ」

　魔法王の鍛冶師は、その仕事は完璧《かんぺき》だが、なにかしら皮肉めいたものを感じさせるのだ。聖剣《せいけん》を探索《たんさく》し、ヴァンについての知識が深まるたびに、その思いは強くなっている。

「近くに行ってもいいかな？」

　台座には階段がついており、竜の心臓のすぐ側《そば》まで上がることができた。

「ああ、かまわんぞ」

　コゴルはうなずくと、先に立って階段をのぼる。

　リウイとアイラのふたりだけが彼に続いた。

あとの四人は、台座の下から様子を見守る。

「これは？」

竜の心臓に近づいて、リウイはすぐに気がついた。

何かの棒《ぼう》のようなものが、心臓に埋《う》めこまれてある。

「それは剣《けん》の柄《つか》だ。この溶鉱炉が造られたときから、ずっと刺《さ》さっておるそうだ」

コゴルが説明する。

「もしかすると、こいつがヴァンが残したという魔法の剣なのか？」

リウイは剣の柄を見ながらつぶやく。

「わしらには、そう伝えられておる」

コゴルが答えた。

「いまだ鍛えられし竜殺《りゅうごろ》しの魔剣《まけん》ハートブレイカー……」

リウイは魔法の石盤《せきばん》に刻《きざ》まれたヴァンの武具のリストから、ひとつの名前を思い出す。

ドラゴンスレイヤーにしては変わった名前だと思っていたのだが、その理由が納得《なっとく》いった。

「間違いないでしょうね……」

アイラがリウイを見つめると、静かにうなずく。

「竜の心臓に突《つ》きたてられているということ。それは、竜を殺しつづけているともいえるわ。そして呪的《じゅてき》な力を吸収しているんじゃないかしら？　この魔法装置が造られた真の目的は、この剣を鍛《きた》えるためかもしれない」

竜殺しの魔剣は、古代王国時代に何本も作られたと記録されている。

それは古代王国の魔術師たちにとっても、竜が恐《おそ》るべき相手であったことの証《あかし》ともいえた。ヴァンは究極の竜殺しの魔剣を鍛えたかったのかもしれない。

「こいつを、抜《ぬ》くわけにはゆかないよな？」

リウイは、コゴルに訊《たず》ねた。

「抜いたらどうなるか、誰《だれ》にも分からんのだ。溶鉱炉が停止するか、あるいは暴走して爆《ばく》発《はっ》するかもしれん」

コゴルが苦笑する。

「ありうるな……」

リウイはふかく腕組《うでぐ》みをすると、しばらくのあいだ獣《けもの》のようにうなった。

爆発するかどうかはともかく、竜の心臓が死に、魔法装置が停止する可能性は高いと思えた。この溶鉱炉が、この魔法の剣を鍛えるためのものならば、目的は達成したともいえるからだ。しかし、それでは、ドワーフたちにとっての世界最高の溶鉱炉が失われることになる。

「わしらとしては、そのままにしてほしいところだのう」

コゴルが長い顎髭《あごひげ》を忙《いそが》しそうに整《ととの》えながら言った。

「魔法王《ファーラム》の剣でないのなら、特に持って帰らなくてもいいんだが……」

「でも、これからのことを考えると、持っておきたくない？」

アイラが魔法の眼鏡《めがね》に手をかけ、魔剣の柄を詳細《しょうさい》に観察しながら言った。

「万が一のときを思うとな……」

リウイはうなずく。

彼自身はクリシュを殺す気はなかった。だが、この剣があれば、自分が支配に失敗したときに備《そな》えられる。

「おまえさんらがこの島に来たのは魔法の剣を探《さが》すためだと聞いたが、他にもなにかしようとしていることがあるのか？」

「黙《だま》っておくわけにはゆかないな……」

リウイは苦笑を漏《も》らすと、自分たちがこの島に来たもうひとつの目的を、ドワーフの長に語っていった。

「……この地で、竜と戦うだと？」

リウイの話を聞いて、コゴルは目をぐりぐりと動かした。

「竜の爪《つめ》を撃《う》ちこんで、支配しなおさなければならないんだ。さもないと、血に飢《う》えた成竜が、解《と》き放《はな》たれることになるからな」

「竜と戦いたいのなら、オーファンの騎《き》士《し》団《だん》全軍を動員すればよいだろう？」

　コゴルは顔をしかめる。

「これは、オレだけの問題だからな。王国は関係ないんだ……」

　リウイはコゴルに、クリシュとの因縁《いんねん》について説明する。

「……なるほどのう。オーファン王リジャールが竜殺しの英雄《えいゆう》であることは知っておるが、あの伝説にまだ続きがあったとはのう。しかも、その伝説を受け継《つ》いでいるのが、リジャール王の息子《むすこ》とはな……」

　コゴルは感慨《かんがい》を覚えたようだった。しかし、すぐにその表情が険《けわ》しくなる。

「しかし、もしもおまえが負ければ、成竜はどうなる？」

「火山は竜にとっては、最高の棲処《すみか》だと聞いている。おそらく、このままここに棲みつくんじゃないかな？」

「ふむ、そうなると、わしらは竜の餌《えさ》だのう」

「その危険は否定できない……」

　クリシュは、人の血の味を覚えている。

また火竜種《ファイアドラゴンしゅ》は、竜属のなかでももっとも獰猛《どうもう》とされている。ドワーフも、海の民も、ひとり残らず食い尽《つ》くそうとするかもしれない。

「もちろん、オレは全力を尽くす。しかし万が一のときには、この島を捨ててもらうしかないだろうな……」

「わしらにとっては、この島は生まれ故郷《こきょう》でもあるし、この溶鉱炉にも愛着がある。それでも、さほど人数はおらんから、ヤスガルンの集落に行けばいいだけだが、海の民はもっと大勢、住んでおるぞ。この島を捨て、移住するのは簡単《かんたん》ではあるまい？」

「それについては、ギアース族長に話をして、了承《りょうしょう》してもらっている。本国に開拓地《かいたくち》を用意してくれるそうだ。エルセンも、その覚悟《かくご》をしてくれている」

竜が解放されたら、この島の住人は否応《いやおう》なく、脱出《だっしゅつ》するしかないのだ。

「そうか……」

コゴルはふかく腕《うで》を組み、長靴《ながぐつ》の底で魔《ま》法装置《ほうそうち》の台座をとんとんと鳴らしはじめた。

「しかし、竜と戦う覚悟でいるのだから、わしらがなんと言おうと、考えを変えたりはするまい？」

「実のところ、そうだ……」

リウイは素直に認めた。

「ここは大陸から海を隔《へだ》てているし、火竜にとって絶好の棲処《すみか》である火山がある。もし、オレたちが失敗したとしても、クリシュはこの地で落ち着くだろう。被害《ひがい》はもっとも少ないはずなんだ」

「犠牲《ぎせい》になるほうは、たまったものではないがのう……」

　コゴルは顔をしかめた。

「だが、おまえとは酒を酌《く》みかわした仲間だ。すべてを語ってくれたことも、わしらへの信義の証《あかし》でもある。黙《だま》っておくこともできたわけだしのう」

「それだと、あんたたちは脱出《だっしゅつ》の用意もできないまま、竜に襲《おそ》われることになるからな。それこそ大勢の犠牲者がでる」

「よし、わしらは、おまえさんが成功すると信じることにしよう……」

　コゴルは迷《まよ》いを吹《ふ》っ切《き》ったように大きくうなずくと、リウイに手を差し出した。

「その代わりといってはなんだが、この剣はそのままにしておいてくれんか？　竜を殺すのが目的でないなら、この剣がなくともいいだろう」

「そうだな。約束しよう」

　リウイは力強くうなずくと、コゴルとかたい握手《あくしゅ》をかわした。

　竜殺しの魔剣がここにあるとは、もともと想定していなかったのである。支配できそうにないからといって、クリシュを殺したりすれば、これまでのことがすべて無駄《むだ》になる。

(失敗したときには、潔《いさぎよ》く死ぬだけだな)

リウイは心のなかで覚悟を決めなおした。

「さて、居住区のほうで、食事の支度をさせている。約束どおり、わしの妻に会ってもらうぞ」

「ご馳走《ちそう》になる」

リウイはドワーフの長に笑って答えた。

3

食堂と思《おぼ》しき広間に、五十人ほどのドワーフたちが集まっていた。

女もいれば、子供もいる。

彼らは家族ごとに、好きな部屋を選んで暮《く》らしているという。それでも、部屋はいくらでも余っているそうだ。

ドワーフたちは、いつも同じ時間に全員でここに集まり、食事を取るという。大きな家族のような関係なのだろう。

食卓《しょくたく》に並《なら》べられている料理は、どれも素朴《そぼく》なものばかりだった。

ジャガイモを煮《に》たものや、野菜の酢漬《すづ》け、それから塩《しお》漬けの肉を焼いて煮豆《にまめ》を添《そ》えたもの。ドワーフといえば、その外見に似合《にあ》わない繊細《せんさい》な職人技《わざ》を持つことで知られているが、料理に関してだけは、あまりその技術は発揮《はっき》されていないようだ。

料理をしたのは、ドワーフの女たちだという。

女のドワーフを見るのは初めてだったが、コゴルが言ったように、首も胴《どう》も手も足も、すべてむっちりとしていた。それがドワーフの男たちにとっては、魅力《みりょく》的であるらしい。体毛が薄《うす》く、髭《ひげ》が生えていないことを除けば、性別の違《ちが》いはあまり感じられない。

そして、コゴルの妻ケラを紹介《しょうかい》された。

なかなか豪快《ごうかい》な女性で、家事に関しては、すべて彼女がしきっているという。グードンにあるドワーフ集落の有力な一族の娘《むすめ》で、コゴルは何度も通って、ようやく口説《くど》き落としたとのことだった。

コゴルは食事の席で、リウイたちがこれからこの地で竜と戦うことを告《つ》げ、最悪の場合、ここから去らねばならないと続けた。

だが、彼がそれを容認したことを告げても、誰からも反論があがらなかった。ドワーフという種族の結束の強さがうかがえる。

リウイは何も言わなかったが、心のなかで彼らにふかく感謝した。

そして食事を終えたあと、リウイはコゴルの許可を得て、この地下遺跡《いせき》を探索《たんさく》してみることにした。

罠《トラップ》がないことや守衛《ガーディアン》がいないことは、ドワーフたちが保証してくれたので、アイラだけについてきてもらう。

ジーニたちには、ドワーフから借りた部屋の片付けを頼《たの》んでおいた。


「……すごいわね」

地下遺跡をざっと巡《めぐ》ったあと、アイラがしみじみと漏《も》らす。

「まったくだな」

リウイもうなずく。

地下遺跡は大小五十ほどの区画があり、ドワーフたちが使っているのは、その一部でしかない。

他の場所は、古代王国時代に使われていた当時とほとんどそのままで、貴重《きちょう》な古代書や魔法の宝物がごっそりと置かれていた。

「この遺跡を発見した冒険者《ぼうけんしゃ》がいたら、一生、遊んで暮らせたと思うわ」

「古代王国が滅《ほろ》びたあとも、ドワーフたちがここを守ってくれたおかげだな。これほど保存状態のいい古代遺跡は、見たことがないぜ」

新王国を興《おこ》した当時の蛮族《ばんぞく》は、古代王国の魔術師《まじゅつし》、市民を惨殺《ざんさつ》し、破壊《はかい》と略奪《りゃくだつ》のかぎりをつくしている。

古代王国の魔法文明は、このときに大部分が失われたのだ。

その後、魔法に対する恐怖《きょうふ》が薄《うす》れ、その利便さが見直されたころには、魔法文明の完全な再建は不可能になっていた。

魔術師ギルドを創設した〝大賢者《だいけんじゃ》〟マナ・ライは、〝堕《お》ちた都市〟レックスの遺跡を丹《たん》念《ねん》に巡《めぐ》り、魔法文明の基礎《きそ》を再現させうるだけの古代書を集めたとされる。また一説には古代王国の死霊魔術師《ネクロマンサー》が変じた〝生命なき者の王《ノーライフキング》〟から魔術を教授されたともいう。

いずれにせよ、大変な苦労をして、魔術師ギルドを創設し、その組織を大きくしていったのは間違《まちが》いない。

現在ではほとんどの国に魔術師ギルドがあり、取りもどされた魔法文明の恩恵《おんけい》が、ささやかではあるにせよ一般《いっぱん》の人々にもたらされている。

「カーウェス師に報告したら、大喜びで調査隊を派遣《はけん》してくるでしょうね」

アイラが笑う。

「コゴルたちに迷惑《めいわく》をかけたくはないしな。黙《だま》っていようぜ」

リウイは、この島のドワーフたちのことが好きになっていた。彼らには、いつまでも変わらぬ生活をここで送ってほしいと思う。

「わたしひとりで、どこまでできるか分からないけど、時間があるかぎり調べさせてもらうわ。ここはヴァンの工房《こうぼう》なんだから、魔法王の剣《けん》についての手がかりが見つかるかもしれないしね」

「ああ、頼《たの》んだぜ。オレも時間があるときには手伝うから……」

リウイはアイラに笑いかけると、すぐに真顔《まがお》になった。

「どうかしたの？」

その表情の変化に気づき、アイラが訊《たず》ねてくる。

「実は、もうひとつ、頼み事があってな……」

「頼み事？」

アイラがいぶかしむようにリウイを見つめる。

「オレがクリシュを支配するのに失敗したときのことなんだ。ジーニたちは、おそらくクリシュと戦おうとするだろう。しかし、アイラの瞬間移動《テレポート》の呪文《じゅもん》で強制的に飛ばしてほしいんだ」

リウイはそう言うと、アイラの両肩《りょうかた》に手をかける。

「失敗したときのことを考えるなんて、あなたらしくもない」

「相手は成竜だからな。いくらオレだって用心はするさ」

絶対に勝てるとは言えるはずのない相手なのだ。

「だったら、竜殺しの剣を譲《ゆず》ってもらえば？　お金なら出すわよ」

「あの溶鉱炉《ようこうろ》はドワーフたちにとって、金には換《か》えられないものだと思う。それは、あきらめようぜ」

「それはいいけど、どうして失敗した後のことを、わたしに頼むかなぁ……」

アイラは肩をすくめようとしたが、リウイの手がまだ置かれている。それに、ちらりと視《し》線《せん》を落とした。

「アイラにしか、できないことだからな」

「便利すぎる女というのも考えものね……」

アイラは大きくため息をついた。

「うやむやにされてるけど、わたしはあなたの許嫁《いいなずけ》なのよ？　あなたが死んで、平気でいられると思うの？　ジーニたちと一緒《いっしょ》になって、あなたの仇《かたき》をとろうとするのが普《ふ》通《つう》じゃない？」

「それは、アイラらしくないぜ」

リウイはきっぱりと言った。

断定されて、アイラは一瞬《いっしゅん》、むっとした顔を見せたが、

「そうね、わたしらしくないかもね……」

と、寂《さび》しそうに微笑《ほほえ》んだ。

「あなたがわたしだけを愛してくれているなら一緒に死ぬのもいいけど、どう考えてもそうじゃなさそうだものね」

「いつもすまないな」

リウイは手を合わせて、アイラを拝んだ。

「こんなものをしていると、衝動的《しょうどう》にあなたを呪殺してしまいそうだわ」

アイラはそう言うと、魔法《まほう》の眼鏡《めがね》をゆっくりとはずす。鎖《くさり》をつけて首からかけてあるので、背中のほうに回した。

「勘弁《かんべん》してくれ。オレには、まだやらなければならないことがあるからな」

クリシュのこともあるし、魔法王の剣もまだ見つけてはいない。

「憎《にく》らしい男ね」

アイラはそう言うと、リウイの両頬《りょうほお》を思いきりつねった。

「痛いって……」

リウイは顔をしかめたが、彼女のしたいようにさせる。

「我慢《がまん》なさい」

アイラはリウイの両頰をつねったまま自分から顔を近づけると、リウイと唇《くちびる》を重ねた。

4

「なんで、アイラだけを連れてゆくのよ！」

ドワーフたちが用意してくれた部屋の掃除《そうじ》をしながら、ミレルが唐突《とうとつ》に叫《さけ》んだ。

「人気のないところで、ふたりで何をするつもりなんだか！」

「遺跡を調べておられるのでしょう？　魔法王の剣に関する手がかりがあるかもしれませんから……」

メリッサが苦笑を浮《う》かべながら、ミレルをなだめる。

「不安なら、あとをつけてゆけばよかったろう？」

ジーニも声をかけた。

「できるわけないよ。もし、ふたりが何かしはじめたら、あたし、どうしていいかわかんないもん」

「それは、目のやり場に困りますわね」

メリッサが壁《かべ》を濡《ぬ》れた布《ぬの》で丁寧《ていねい》に拭《ふ》きながら言った。

「他人のはあまり見るもんじゃないからな」

ジーニが真顔《まがお》で言う。

「見ないよ！」

ミレルは泣きそうな声をあげた。

「ミレルは、リウイに、抱《だ》かれたことが、ないの？」

ティカがミレルを不思議そうに見つめる。

彼女は掃除を手伝おうともせず、部屋に入ってすぐ隅《すみ》でうずくまり、そこから動こうとしなかった。リウイから借りたマントにくるまっているが、その下には一糸も身に着けていない。

「ないよ！」

ミレルは自暴自棄《じぼうじき》に叫んだ。

「リウイは、女が、嫌《きら》いなの？」

「まさか！」

ミレルは激《はげ》しく首を横に振《ふ》る。

「あいつは、オーファンにいた頃《ころ》、どうしようもないぐらいの女好きで、毎夜、いかがわしい店で遊んでいたんだよ」

その頃のリウイは、女殺しという評判だった。

「それなのに、みんなは、抱かれていない？」

ティカはますます不思議そうな顔になる。

「なんというか、まあ、そうだな……」

ジーニが珍《めずら》しく顔を赤くし、部屋にあった調度品を運びだしている手を止めた。

媚薬《びやく》でやられ、自分からリウイを押《お》し倒《たお》したことはあるが、大事にはいたっていない。

「わ、わたくしたちは冒険者《ぼうけんしゃ》仲間ですから。一線を引いておられるのか、と……」

メリッサも肩のあたりまで赤くなっていた。壁を拭いている手の動きが、無意識に忙《いそが》しくなっている。

男女の愛を知らずそれを未練に思った娘《むすめ》の亡霊《ぼうれい》を憑依《ひょうい》させたとき、その亡霊にリウイが愛を教えてゆくのを、亡霊と意識が同調していたメリッサは、我《わ》が身のことのように感じた。しかし一線を越《こ》える寸前で、亡霊は思いを遂《と》げ、離《はな》れていったのである。それに気づいたリウイは、それ以上、何もしなかった。

「あたしなんか、女として見られてるかどうかも自信ない……」

ミレルが不安そうに胸に手を当てる。そしてその未発達さに、いっそう不安になった。

「わたしは、リウイの子なら、産んでもよかったな……」

ティカが無表情につぶやいた。

「ええっ？」

ミレルは仰天《ぎょうてん》し、目をいっぱいに開いて、竜司祭《ドラゴンプリースト》の娘を見つめる。

「な、な、なんかあったの？」

「ううん、わたしも、抱いて、もらえなかった」

必死の表情のミレルの問いに、ティカはゆっくりと首を横に振る。

「ぬ、抜《ぬ》け駆《が》けはなしだよ……」

ミレルは自分の胸が爆発《ばくはつ》しそうに鼓動《こどう》しているのを感じた。それが手にはっきりと伝わるところが情けない。

「ミレルは、産みたくないの？」

「あ、あたしは……」

ミレルはまだ動揺《どうよう》していたが、ティカの縦に絞《しぼ》られた瞳《ひとみ》を見ているうちに、なぜか気持ちが落ち着いていった。

「あたしは、今のままがいい。リウイのことは大好きだけど、抱いてほしいとか、子供を産みたいとかいうのは、あんまりないかも……」

ミレルはそう言うと、ジーニとメリッサに視線《しせん》を巡《めぐ》らせてから、ふたたびティカに視線をもどす。

「リウイがいて、ジーニがいて、メリッサがいて、ずっと冒険《ぼうけん》を続けたい。ちょっと癪《しゃく》だけど、アイラも一緒のほうがいい。もちろん、ティカもだよ。クリシュだって、だんだん可愛《かわい》く思えてきたしね」

ミレルはティカの前でしゃがみこむ。

「ミレル？」

ティカは表情を変えなかった。縦に絞りこまれていた瞳が、わずかに丸みを帯びる。

「だって、リウイは成竜となったクリシュをもう一度、支配するつもりだもの。ティカにはこれからもあいつの世話をお願いしないといけないしね。たとえば、ティカが人間でなくなってしまったとしても、このまま仲間でいいじゃない？」

ティカはマントから右手だけを出し、ミレルの頬に触《ふ》れた。

「わたしは、もうすぐ、竜になる……」

そう言うなり、ティカの手は真《ま》っ赤《か》な鱗《うろこ》で覆《おお》われてゆく。

「きっと、ミレルを、食べたくなる」

「メリッサのほうが美味《おい》しいと思うよ？」

ミレルは真顔で答えた。

ティカはぎこちなく微笑《ほほえ》んだ。

「みんなと、いつも、一緒でなくて、よかった……」

ティカはそうつぶやくと、マントを頭からかぶりなおし、とぐろを巻くように丸まった。

「きっと、修行《しゅぎょう》に、ならなかったから」

くぐもった声が、マントの下から続く。

「そうかもね」

ミレルは笑いながら立ち上がると、ジーニたちのもとにもどった。

メリッサが目を細め、愛《いと》おしそうに小柄《こがら》な黒髪《くろかみ》の娘を抱《だ》きしめる。

ジーニはその黒髪を激しく撫《な》でた。

「どうしたの？」

ミレルがきょとんとして、ふたりを見つめる。

「どうもしませんわ」

メリッサは微笑みながら言った。

「ああ、どうもしない」

ジーニもうなずく。

「変なの……」

ミレルはそう言いながらも、気持ちよさそうに、メリッサの胸に頬《ほお》ずりした。

5

地下遺跡《いせき》のすべてをひととおり巡って、リウイはアイラを伴《ともな》ってもどった。

とくにするべきこともないので、その夜は早々に眠《ねむ》りに就《つ》く。

火山のすそ野ということもあり、地熱が高いせいか、地下遺跡のなかはどこも暖かく、毛布さえも必要なかった。

リウイは気持ちよく、眠《ねむ》ることができた。

目が覚めたのは、誰《だれ》かに身体《からだ》を揺《ゆ》すられたからである。

ミレルが険《けわ》しい表情で、肩《かた》を揺すっている。

「どうかしたのか？」

リウイは緊張《きんちょう》を覚え、身体を起こした。

「ティカがいなくなった。部屋を出てゆく気配は感じたんだけど、そのままもどってこないんだよ」

ミレルの声は沈《しず》んでいる。

後悔《こうかい》している表情だった。

「部屋で寝《ね》るというのが、人間っぽくって嫌《いや》だったのかな？　昨日《きのう》の食事のときも、結局、一口も食べなかったし……」

リウイはぐるりと部屋を見回した。

ジーニ、メリッサ、アイラも起きていて、ミレルと同じ表情をしている。

ティカに貸してあった飛空のマントは部屋の隅《すみ》に脱《ぬ》ぎ捨《す》てられていた。裸《はだか》のまま、外へ出て行ったことになる。

「クリシュのところへ向かったのかな？」

「たぶんね……」

そのとき、部屋の外から激しい足音がいくつも近づいてくるのが聞こえた。

ドワーフたちだろう。そのただならぬ気配に、リウイは嫌な予感が脳裏をよぎり、弾《はじ》けるように立ち上がった。

通路は暗いので、彼らの姿は見えない。だが、足音からかなりの人数が向かってくるのが分かる。リウイは息が詰《つ》まるような思いで、彼らがやってくるのを待った。

ようやく明かりのなかにドワーフたちが姿を現し、リウイをぐるりと取り囲む。彼らの高ぶった気持ちが、ぴりぴりと肌《はだ》に感じるほどだった。

「竜《りゅう》の心臓が鼓動を止めた。剣《けん》が抜《ぬ》き去《さ》られたのだ……」

コゴルが重々しく言った。

「なんだって？」

リウイは一瞬《いっしゅん》、驚《おどろ》いたが、すぐに事情を察する。

「すまない……」

大きな身体をふたつに折るほどに、頭をさげた。

「おまえは、約束を違《たが》えたのか？」

コゴルが静かに問うてくる。

「そのつもりはなかった。しかし、結果的にはそうなる。あの剣を抜いたのは、おそらくオレの仲間のひとり、竜に乗ってやってきた娘だ。彼女は、竜を神として崇《あが》める部族の出身で、竜の能力を会得《えとく》した魔法使《まほうつか》いでもあるんだ。竜の心臓が魔法装置にされているのを見て、彼女が怒《いか》りを覚えていたのは分かったんだが、まさか剣を抜いたりするとは思わなかった」

「その女は、どこにおる！」

ドワーフのひとりが激《はげ》しい口調《くちょう》で、リウイに詰《つ》め寄《よ》ってきた。

「姿が見えなくなった。おそらく、火口にいる火竜のところへ行ったんだろう……」

「おまえが嘘《うそ》をつくような男ではないことは、わしは分かっているつもりだ。だが、とんだことをしてくれたものだな」

　コゴルはため息をついた。

「返す言葉もない……」

　ティカの気持ちをはっきりと確かめておくべきだった。あるいは、ミレルに見張ってもらっていれば、こんなことにはならなかったのだ。

　だが、もう取り返しはつかない。

「あの溶鉱炉《ようこうろ》は世界にひとつしかないものなのだぞ？」

　ドワーフのひとりが怒声《どせい》をあげる。

「そのとおりだが、あれは、もともとわしらのものではあるまい？　竜の心臓を生きたまま取り出し、それが宿す始源《しげん》の炎《ほのお》をもって溶鉱炉としてきたことも正しい行いとは言えんかもしれん。あれが止まったのは、その時が来たということだろう……」

　コゴルは他のドワーフたちに言葉を向けた。

「剣を取りもどし、ふたたび突《つ》き刺《さ》したとしても、竜の心臓がふたたび動くとは思えん。剣の魔力《まりょく》が完成し、魔法装置はその役割を終えたということだ」

「それはそうかもしれんが、この男が我らとの約束を破ったことに違いはない」

「そのとおりだ。どんな罰《ばつ》でも受けるし、償《つぐな》いもする」

　リウイはドワーフたちに答えた。

「剣を抜いた女に死を！」

　ひとりのドワーフが叫《さけ》ぶと、何人かがうなずいた。

「さもなくば、おまえの命で償え！」

「それもしかたないか……」

　ドワーフたちが信義のためなら命をかける種族であることは、噂《うわさ》に聞いている。それを裏切ったのだから、同じ覚悟《かくご》を決めるしかない。

「おまえさんが、死ぬことはない……」

　コゴルは厳しい表情で言うと、仲間たちを振《ふ》り返った。

「信義は失われたが、その償いに軽々しく命を求めるな。おまえたちに竜と戦う覚悟はあるか？　海の民を救う英雄《えいゆう》となれるか？　世界にひとつしかない溶鉱炉とはいえ、この男の命と引き替《か》えにできるとは、わしには思えん。もし、わしらがこの男を死なせたとしよう。海の民の族長は、復讐《ふくしゅう》にやってくるぞ。グードンのドワーフ族とオーファンとのあいだで戦《いくさ》がはじまるかもしれん。わしは怯《おび》えているのではない。ふたたび動くことのない溶鉱炉のために、無駄《むだ》な血を流すことはないと言っておるだけだ。おまえたちの怒りと悲しみは、わしにも分かる。しかし、一時の感情に流されるな。わしらが為《な》すべきは、これから、この男が何をするかを見守ることだ。信義が本当に失われたかどうかは、それから判断すればいい」

コゴルの言葉を、ドワーフたちはうなだれながら、聞いていた。

「族長の言葉に従おう……」

ひとりが顔をあげて答えた。

「おまえが、これからすることを、わしらは見守らせてもらう」

他のドワーフたちも、うなずいてゆく。

そして、ドワーフたちは引き上げていった。

リウイは全身が大地にのめりこんでゆくような重苦しさを感じながら、仲間たちのもとへともどった。

彼女らの顔には怒りと悲しみ、そして落胆《らくたん》とが入り交じっている。

その感情を抑《おさ》えきれないのか、ミレルは涙《なみだ》をこぼしていた。

「ティカの気持ちは分からなくはないけど、裏切られた気持ちだよ」

昨夜、彼女と話をし、心が通じたと思ったのだ。ゆっくり時間をかけて、本当の仲間になれればいいと考えていた。

　しかしティカはそれを拒絶《きょぜつ》し、自分の信仰《しんこう》を選んだのだ。竜の心臓から剣を抜《ぬ》くことが、リウイの不利益になることは、彼女とて理解していたはずである。

「だとすれば、由々《ゆゆ》しきことですね。彼女は我々《われわれ》の味方ではなく、竜の味方として行動するわけですから……」

　メリッサが沈痛《ちんつう》な声で言った。

「クリシュだけではなく、彼女とも戦わないといけないのかもな」

　ジーニが小さく首を横に振る。

「相手が成竜だけでも大変なのに？　彼女の竜司祭の力って、今では相当なものなのでしょう？」

　アイラが肩をすくめた。

「まだ、そうと決まったわけじゃない！　竜の心臓から剣を抜いたことと、クリシュのことはまったく別の話だ。卵から孵化《ふか》したばかりのクリシュを支配したとき、彼女はオレを支持してくれた。だからこそ、旅に同行し、クリシュの世話を買って出てくれたんじゃないか？」

「あのときの彼女と今の彼女も別かもしれないよ？　今のティカは、人じゃなく竜に近いんだもの……」

ミレルが虚《うつ》ろな声でつぶやいた。

リウイは言葉に詰まり、長い髪《かみ》をかきむしる。

「とにかく、ここを出よう。いったん港町へともどり、家畜《かちく》を載《の》せた船の到着《とうちゃく》を待たないと」

リウイは仲間たちに呼びかけると、荷物をまとめ、地下遺跡を後にした。

しかし、港へと帰り着いたリウイたちを待っていたのは、その気分をさらに暗くさせるような事件の知らせだったのである——

6

港に帰ると、海の民の人々から冷たい視線《しせん》を向けられていることに気がついた。

リウイたちのほうを見て、ひそひそ話をしはじめる。

「なんか、嫌《いや》な感じだね……」

ミレルが顔をしかめながらつぶやく。

「ドワーフたちとのことが、伝わってるのかな？」

「それはないと思うけどな……」

リウイはむっつりと首を横に振る。

「だったら、あの態度って、他に原因があることになるよね。そのほうが問題じゃない？」

「問題だよな」

リウイは渋《しぶ》い顔でうなずいた。

事情を知るため、まっすぐエルセンの家に向かう。

この火山島の代表である男は、緊張《きんちょう》した表情で出迎《でむか》えた。

「なにかあったのか？」

リウイはエルセンに訊《たず》ねた。

「島民が殺されたのだよ」

エルセンの表情は強張《こわば》っていた。

「先日の宴《うたげ》のあとに、ふたり。その後も港から離《はな》れた場所で暮《く》らしている家族が、いくつか襲《おそ》われて、皆殺《みなごろ》しになっている」

「なんだって！」

リウイたちは驚《おどろ》き、仲間と顔を見合わせた。

「もしかして、オレたちを疑っているのか？」

「おまえたちがここに来るまで、こんな事件が起きたことはない。しかも、死体のいくつかは、高熱の炎《ほのお》で焼かれている」

「高熱の炎で……」

リウイはエルセンの言葉を繰《く》り返した。

「おまえが支配しているという竜《りゅう》を、オレたちは目撃《もくげき》している。そして、その竜の仕業《しわざ》だと、村人たちは考えているのだよ」

「竜は、オレの命令に従う。許可がないかぎり、人間を襲うことはない」

リウイはあわてて言った。

「それに、あの竜は今、〝神の心臓《しんぞう》〟ラーヒの火口にいる。オレの仲間のひとりが、その世話をしている」

「ならば、空を飛ぶ竜が、この数日、目撃されているのは、どういうことなんだ？　島の北にある凍土《とうど》地帯で、大鹿《おおじか》を狩猟《しゅりょう》しているそうだが？」

「まさか……」

リウイは息を呑《の》んだ。

それはクリシュではありえない。

クリシュには、あらゆる狩猟を禁じているからだ。クリシュに餌《えさ》を与《あた》えるのは、ティカに任せてあり、彼女が与えるものだけを食べてもいいと許可を与えている。

「竜の成長を促《うなが》すためには、大量の餌が必要だと聞いている。そのために交易船《こうえきせん》で、家畜《かちく》を運んでいるはずだが？」

その船団は間もなく到着するはずだった。積荷が積荷だけに、運んでくるのに日数がかかる。それでリウイたちは先行することにしたのだ。

「野生の動物を餌にすれば、迷惑《めいわく》がかかると思ったからな」

リウイはうなずく。

それでも足りないときは、この近海に棲息《せいそく》している鯨《くじら》や海獣《かいじゅう》を狩《か》らせるつもりだった。

「我《われ》らも、餌にすればいいと思ったのではないか？」

厳《きび》しい表情で、エルセンは訊《たず》ねてくる。

「とんでもない！」

リウイは顔色を変えた。

「そんなことをして、いったい何の得《とく》がある？」

「すくなくとも、この島をオーファン領《りょう》にはできるな」

「疑われるのはしかたないが、神にかけてそんなことはない！」

リウイは断言した。

エルセンはしばらくリウイを睨《にら》んだあと、大きく息をついた。

「オレとしても疑いたくはないが、こんな異常《いじょう》な事態は、ここに入植して初めてなのだ。島民たちはひどく動揺《どうよう》している」

その気持ちは、リウイにも分かった。他所者《よそもの》である自分たちを疑いたくなるのも当然だろう。

「島民を殺した犯人は、オレたちが突《つ》きとめる。それまでのあいだ、島民たちはこの港に集めて、できるかぎり遠出しないようにしてくれ。そして、オレたちはこの町に近づかない。それでいいか？」

リウイはそうエルセンに申し出る。

エルセンは、それで納得《なっとく》してくれた。

リウイたちは荷物をまとめ、早々に港街を後にする。これからは野営になるが、それは問題ではない。問題なのは、先日まで海の民ともドワーフ族とも友好的な関係を築いていたのが、失われたことである。

「くそっ！」

たき火の炎《ほのお》を見つめながら、リウイは不機嫌《ふきげん》に吐《は》きすてる。

「それにしても、誰《だれ》が島民を殺したのでしょうね……」

　メリッサが美しく弧《こ》を描《えが》く眉《まゆ》をひそめながら言った。

「エルセンは竜の仕業《しわざ》だと言ってたよね。でも、クリシュが犯人《はんにん》であるはずがないんだから、考えられるとしたら……」

　ミレルがためらいながら言う。

「竜に変身できるようになったティカが、大鹿を狩り、島民を殺している」

　アイラがミレルが躊躇《ちゅうちょ》した言葉を続けた。

「そんなはずがない！　彼女がそんなことをするはずがないんだ!!」

　リウイは激しく否定した。

「昔《むかし》の彼女ならね。でも、彼女は変わってしまったのかもしれない。身も心も、竜になってしまったんじゃないかしら？」

「クリシュはおまえが支配しているが、ティカはそうではない。彼女は何の制約もなく、自らの意志で行動できる。」

　ジーニがぼそりと言う。

「彼女がわたしたちを裏切ったとしても、責めることはできないでしょうね。彼女にとって竜は崇拝《すうはい》の対象ですもの」

　メリッサが静かに胸に手を当てた。神官が神に仕えているのと同じなのだ。

「つきっきりで、クリシュの世話をしてもらったものねぇ。あたしたちと一緒《いっしょ》にいるより、ずっと長い時間だったもの。情が移ったって、しかたないよ」

ミレルがため息をつく。

「だから、そんなはずはない！」

リウイは断固として言った。

「あなたの気持ちは分かるけど、すべての状況《じょうきょう》が彼女を犯人だと言ってるわ。女に裏切られることに慣れていないかもしれないけど、現実を認めないと……」

「この目で確証《かくしょう》を得るまで、オレはティカを信じるだけだ。真犯人はかならずいる。オレはそれを見つけだす」

リウイは仲間たちを見回して、決意の表情で言った。

「そこまで言われたらね」

アイラはため息をつく。

「あたしたちも信じるしかないよね」

ミレルがうなずいた。

「しかし、どうやって、真犯人を捜《さが》せばいいのでしょうね？」

メリッサが、小さく神の名を唱《とな》える。

「シャザーラに訊ねてみようか？」

アイラがためらいながら、リウイに申し出た。

彼女が所有している指輪に封印《ふういん》されている知識魔神《ナレッジデーモン》シャザーラは、世界のあらゆる真実を知っている。訊ねれば、正確な答えが返ってくる。だが、彼女と精神を繋《つな》いでいると、アイラは自分自身を失いそうになるのだ。それで、無闇《むやみ》には呼びかけなくなっている。

「いつも言ってるとおり、それは最後の手段だな。まずは現場へ行ってみようぜ。何か手がかりが見つかるかもしれない。それから竜を見つけたら、オレが追いかけてみる」

リウイは〝飛空のマント〟という魔法《まほう》の宝物を、いつも身に着けている。〈飛行《フライト》〉の呪《じゅ》文《もん》も使えるが、魔力を消費する必要がないからだ。使う機会が多かったこともあり、今では自在に操《あやつ》ることができる。

「向こうから襲ってくれれば、話は早いのだがな」

ジーニが大剣《たいけん》の刃《は》を研《と》ぎながらつぶやいた。

その夜は交替《こうたい》で見張りに立ったが、近づいてくるものはなにもなかった。そして夜が明けると、リウイたちはすぐに出発し、殺された島民の家へ向かう。

「ひどいね……」

真っ黒に焼け落ちた木造の家を見つめ、ミレルがつぶやいた。

そこに住んでいたのは木こりの夫婦《ふうふ》であり、ふたりとも黒こげになって死んでいたと、エルセンから聞いている。

死体は近くに埋《う》めてあるらしい。掘《ほ》り返して調べたいところだが、死者を冒瀆《ぼうとく》する気にはなれなかった。

「とにかく、手分けして、辺《あた》りを調べてみようぜ」

リウイは仲間たちに呼びかける。

そしてミレルに手伝ってもらって、焼《や》け跡《あと》を調べた。

ジーニとアイラは周辺の土地を見回りに行き、メリッサは粗末《そまつ》な墓《はか》を見つけ、死者の冥《めい》福《ふく》を神に祈《いの》った。

しかし手がかりらしいものは何も見つからなかった。

竜の足跡《あしあと》も、鱗《うろこ》の一枚も落ちていない。だが、それだけで竜の仕業ではないことを証明することはできない。竜は空を飛ぶし、いつも鱗をばらまいているわけでもないのだ。

リウイは炭で汚《よご》れた身体《からだ》を、小さな池が近くにあるのを見つけ、そこで洗おうとする。

しかし、できなかった。

池の水が、底に達するほどに凍《こお》りついていたからである。

「……なんだ、これは？」

リウイは首を傾《かし》げた。

この島が寒冷なのは分かっている。北側は凍土《とうど》で覆《おお》われ、山からは氷河が流れている。

だが、リウイたちが今いる場所は、島の南側だ。季節は夏で、たとえ夜でも、氷が張るほどには寒くなるとは思えない。

しかも普通《ふつう》なら水面から凍ってゆくはずなのに、むしろ池の表面のほうは溶《と》けて、水が浮《う》いているのが分かった。

何匹《びき》もの魚が氷漬《こおりづ》けになっているのが、氷を通して見える。魚はまるで氷のなかで泳いでいるかのようであった。

「一瞬《いっしゅん》にして、凍りついたみたいだな……」

リウイは怪訝《けげん》な表情でつぶやく。

「こんなことって、この島では普通にあるのかな？」

ミレルがリウイを見つめる。

「北風に乗って、氷の精霊《せいれい》がやってきたのなら、こんなこともあるかもしれないが……」

しかし、リウイは自分の言葉を信じる気にはなれなかった。

「間違《まちが》いなく言えるのは、これは竜の仕業じゃないってことだ。この島に氷竜が棲《す》んでいるというなら話は違うかもしれないが、すくなくともティカが氷竜に変身するとは思えないからな」

　もし、ティカが変身竜になるとしたら、それは間違いなく火竜であるはずだ。彼女はクリシュの世話をすることで、竜司祭としての修行《しゅぎょう》が進んだのだから。

「リウイがそう願うのは分かるけど、自分に都合のよい真実にばかり目を向けるのは危険よ。もっと確《たし》かな証拠《しょうこ》を集めないと、この島の人々を説得することはできないわ」

　アイラがリウイをたしなめるように言った。

「そのとおりだな……」

　リウイは苦笑《くしょう》まじりにうなずく。

　ティカが無実だと信じてはいても、そのために真実を見誤《みあやま》るようなことがあってはならないのだ。

「他も回るんでしょ？」

　アイラが訊《たず》ねる。

「無論だ！　ティカが犯人じゃないという証拠を絶対、見つけだしてみせる」

　リウイは力強くうなずいた。

7

島の住人が殺された現場を、リウイたちは順番に巡《めぐ》っていった。

現場はどれも似《に》たようなもので、いずれも猛烈《もうれつ》な炎《ほのお》で焼かれていた。だが、同時に氷の精霊力が強く働いたと思《おぼ》しき痕跡《こんせき》も見つけだしたのである。

そして竜《りゅう》の仕業《しわざ》と断定できるようなものは、どこからも発見されなかった。

リウイはティカが犯人ではないという確信を深めたものの、誰が島民を殺したかについては、まったく予想もつかなかった。

邪悪《じゃあく》な精霊使《せいれいつか》い、あるいは精霊魔法《まほう》を使う魔物の仕業ではないかとも考えたが、島民を殺す理由がない。また、そんなものが突然《とつぜん》、現れた理由も分からなかった。

リウイは、とにかくティカに会うことに決め、〝神の心臓〟ラーヒの火口へ向かうことにした。しかし、火山に登るまでもなかった。

その途中《とちゅう》で、火山から一頭の竜が、飛来するのが目撃《もくげき》されたからである。

「あれは、クリシュなの？」

ミレルが空高く飛ぶ巨大《きょだい》な生き物を指差しながら、リウイに訊《たず》ねた。

リウイはしばし瞑目《めいもく》し、クリシュと意志を通わせてみる。

火竜の幼竜は、彼が命じたとおり、火口にいた。溶岩《ようがん》の熱気を浴び、噴煙《ふんえん》を吸い、一頭の大鹿《おおじか》をうまそうに食べている。

「あれは、クリシュじゃない……」

リウイは激《はげ》しく首を横に振《ふ》った。

「あれは、ティカの変身竜だ！」

そう言うなり、リウイは上位古代語《ハイ・エンシエント》を唱《とな》え、身に着けている〝飛空のマント〟の魔力を発動させる。

そして空に舞《ま》いあがった。

「気をつけて！」

アイラが声をかける。

リウイは親指を立てて、彼女に合図を返すと、一直線に竜に向かって飛んだ。飛空のマントはもっとも昔《むかし》から使っている魔法の宝物で、扱《あつか》いも慣れている。クリシュを支配してからは、常時、身に着けるようになった。

竜は高速で飛んでいたが、なんとか追いつくことができた。

赤い鱗《うろこ》をした竜である。大きさは、クリシュよりもひとまわり大きい。リウイが並《なら》びかけると、一瞬《いっしゅん》、首を向けただけで、何の反応も示さなかった。

「ティカなんだろ？」

リウイは声をかけた。

「これから、クリシュのための餌《えさ》を獲《と》りにゆくところだと思うが、すこし時間をくれないか？　おまえと話がしたいんだ」

そしてリウイは竜を追《お》い越《こ》し、腕《うで》で合図をしながら、仲間たちのいる場所に向かって旋《せん》回《かい》しながらゆっくり高度を下げていった。

竜は、リウイの言葉を理解したらしく、その後に従う。

リウイは地上に降り立ち、竜も着地した。そして、赤い鱗の竜は、すぐに人間の娘《むすめ》に姿を変える。

ティカだった。あいかわらず全裸《ぜんら》だったので、リウイは飛空のマントを脱《ぬ》いで、手《て》渡《わた》そうとする。

しかし、彼女は無言で首を横に振った。

そして、

「話って……何？」

と、たどたどしく訊《たず》ねてくる。

「竜に変身できるようになったんだな」

リウイは、そう声をかけた。

「竜の心臓から剣を抜《ぬ》いたとき……古竜の意志を感じた気がした……。そして火口に飛びこんで……溶岩《ようがん》に身を浸《ひた》した……」

炎《ほのお》の精霊力《せいれいりょく》を全身で受けとめ、竜に変身できる能力を身に着けたのである。

ティカは言葉を選びながら、リウイにそう伝えた。

「それは、よかったな……」

竜司祭にとっては、竜に変身することこそが、修行《しゅぎょう》の目的である。そして最終的には竜に転生することを目指す。クリシュは、まさにそれを成し遂《と》げ、転生竜となった。ティカも先代の族長に続くつもりなのだ。

「ここ最近、この島の住人たちが、何人も殺されているんだ。彼らは、それが竜の仕業《しわざ》だと考えている。しかし、違うよな？　クリシュは人間を食わない。それはオレが禁じているからだ。なにより、ティカが人間を狩《か》るはずがない」

リウイはティカを見つめながら、話しかけた。

「でも、竜にとって……人間は餌だわ。クリシュはかつてのわたしを……、そしてあなたがたを食べたがっていた」

「ああ、それは知っている」

クリシュが支配者である自分に憎悪《ぞうお》を抱《いだ》いていることは、リウイは直接、思念から感じていた。そして若い女たちを食べたがっていることも……

その願望は、まもなく果たされるかもしれないのだ。

「わたしにとっても……人間はもはや餌。わたしはもう……人間であることを捨てたから」

ティカは淡々《たんたん》と言った。その瞳《ひとみ》が縦にひきしぼられている。

「オレたちを殺して、食べたいと？」

リウイは苦笑する。

「いつか……そう思うかもしれない……」

ティカはわずかに苦悶《くもん》の表情を見せながら言った。

しかし、その言葉は、今はそう思っていないということでもある。

「だから早く、この島から出ていって……。ここはもう……竜の狩猟《しゅりょう》場だから」

「それを警告しようとして、人間を狩ったんじゃないでしょうね？」

アイラがリウイの側に進みでて、ティカに呼びかけた。

魔《ま》法《ほう》の眼鏡《めがね》に手をかけ、いつでもその魔力を発動できるようにしている。〝四つの目〟という銘《めい》を持つその魔法の宝物には、呪殺《じゅさつ》の魔力が付与《ふよ》されているのだ。

「わたしはまだ……人間を狩ってはいないわ……」

ティカはゆっくりと首を横に振った。

「でも、これからのことは……分からない」

「その答えが、聞きたかったんだ」

リウイは安堵《あんど》の表情を浮かべ、アイラの肩《かた》に手を回す。

アイラはうなずくと、魔法の眼鏡から手を離《はな》した。

そして仲間たちのところへもどる。

「オレたちが島を離れたとして、クリシュはどうするんだ？　あいつは、オレたちを探《さが》しだして、殺そうとすると思うぜ？」

「それは……させないから」

ティカは答えた。

「どうやって？」

リウイは訊ねたが、ティカはそれには答えなかった。

返事の代わりに、彼女の肌《はだ》を赤い鱗《うろこ》が覆《おお》ってゆく。そしてリウイたちの見ている前で、竜の姿に変わった。

そしてひと声、大きく咆《ほ》える。

その声には、人の魂《たましい》を震撼《しんかん》させ、恐怖《きょうふ》に落とす魔力がある。しかし、リウイたちは平気だった。魔力に抵抗《ていこう》したわけではなく、もとから魔力がこめられていなかったのだろう。

変身竜となったティカは、首を空へ向けると、ゆっくりと空に舞《ま》いあがってゆく。

「これだけは、聞いてくれ！」

飛び去ろうするティカに向かって、リウイは呼びかけた。

「ティカは竜司祭の修行のために、人間であることを捨てようとした……」

竜は首だけをリウイに向けながら、その高度をあげてゆく。もしも今、炎を吐《は》かれたら、逃《のが》れようがない。

「だが、竜になることだけが、竜司祭の目的なのか？　竜司祭とは、竜と人とを繋《つな》ぐための存在じゃないのか？　竜を畏《おそ》れ、崇《あが》める人々のため、竜を鎮《しず》めることこそが竜司祭の本当の役割のはずだ。竜に変身できるようになった今だからこそ、もう一度、自分が人間であることを思いだしてくれないか？　さもないと、邪竜《じゃりゅう》、魔竜《まりゅう》に成り果ててしまう。オレは、ティカにそうなって欲しくないんだ！」

リウイは声を限りに叫《さけ》んだ。

「……北の凍土《とうど》で獲物《えもの》を狩《か》っているとき、不思議な光の球を見た。赤と白が入り混じった光。それは氷河を登っていった」

ティカは竜の姿のまま、そう言葉を発すると、長い首を北の方角へと向け、全力で羽ばたきはじめた。

猛烈《もうれつ》な風が巻き起こり、リウイは腕で顔をかばう。土煙《つちけむり》が激《はげ》しく舞《ま》いあがり、それが静まったときには、もうティカの姿は彼方《かなた》に小さくなっていた。

「行っちゃったね……」

ミレルが側《そば》にやってきて、ティカの姿を厳《きび》しい表情で見つめつづけるリウイの服の袖《そで》をつんつんと引いた。

「ああ……」

リウイはうなずくと、ミレルを振《ふ》り返った。

「リウイの言葉が、彼女に届くといいね……」

ミレルの声は弾《はず》んでいた。彼女も、ティカが犯人ではないと確信したのだろう。

「オレが言ったことは、彼女だって分かっているはずなんだ」

リウイはミレルにうなずくと、短く刈《か》った黒髪《くろかみ》に優《やさ》しく手をかけた。

「それにしても、赤と白が入り混じった光って、なんだろね？」

「ミレルは、覚えていないよな？」

リウイは笑いかける。

「何を？」

　ミレルは首をかしげた。

「港街での宴《うたげ》のあと、空を見あげて、火の玉が飛んでいるとか言ってたじゃないか？　赤かったり、白かったりして変だってな」

「ええっ！　あたし、そんなこと言った？」

　ミレルの目がひときわ丸くなる。

「ぜんぜん、覚えてないけど……」

「いや、そうだろうとは思った。オレも、ミレルがただ酔《よ》ってるだけだと、すぐに夜空を見上げなかったんだけどな」

　あるいは、そのときから異変《いへん》ははじまっていたのかもしれない。

　赤と白の光というのがどういうものかは分からないが、それがこの事件の鍵《かぎ》を握《にぎ》っているのは間違《まちが》いない。

「行く場所は、決まったな」

　リウイは仲間たちを振り返ると、笑顔を見せた。

「よりによって氷河とはね……」

　アイラがため息をついた。

「また、雪豹皮《ゆきひょうがわ》のコートを取り出さないといけないわ」

第3章　魔狼《まろう》の咆哮《ほうこう》

1

〝神の心臓《しんぞう》〟と呼ばれるラーヒ火山のみが世に知られているが、マウナス島の北部には巨《きょ》大《だい》な氷河が走る山岳《さんがく》地帯がある。その最高峰《さいこうほう》はシュクル。山頂《さんちょう》が鋭《するど》く尖《とが》るその景観《けいかん》から、〝神の槍《やり》〟とも〝魔狼《まろう》の牙《きば》〟とも呼ばれているらしい。

リウイたち一行は、森と湖、そして熱湯が噴《ふ》きだす泉《いずみ》など独特の景観を持つ大地を渡《わた》り、その白い峰《みね》を目指した。

そしてびっしりと短い草で覆《おお》われた平野へと出る。冬の寒さが厳《きび》しく、木々が育たないのだ。今は夏なので、表層が溶《と》けてぬかるんでいるが、その下は永久凍土《とうど》となっているのだという。氷の領域《りょういき》へと踏《ふ》みこんだという実感を覚える。

ティカは、謎《なぞ》の光の球が、氷河を登ってゆくのを見たと言った。その光の正体は分からない。だが、島の住人を殺したのは、その光だとリウイは確信している。

つぶやいた。

「なんだか、嫌《いや》な雰囲気《ふんいき》だよね」

二日ほどかけてぬかるんだ凍土地帯を抜《ぬ》け、氷の山の麓《ふもと》まで来たとき、ミレルが思わずつぶやいた。

「まったくだな」

リウイもうなずく。

山頂は暗雲に覆われ、厚く閉《と》ざされていた。

山腹を走る氷河は山裾《やますそ》で消えていたが、そこから身が切られるほど冷たい風が吹《ふ》き寄《よ》せている。氷河の下から流れでる川の水の表面に氷が張りつつあった。

「どう考えても、これは異常よね」

アイラがため息まじりにつぶやく。

彼女はすでに雪豹《ゆきひょう》の毛皮のコートを身にまとっていた。

リウイたちも防寒や山登りのための装備《そうび》を準備している。アイラが持つ魔法の袋《ふくろ》から取り出したものだが、今回は炎《ほのお》と氷の島ということで、あらかじめ用意しておいたのだ。しかし、本当に役に立つとは思ってもいなかった。

「行くぜ」

リウイが仲間たちに呼びかける。

四人は思い思いの表情でうなずいた。

まずは氷河へと続く谷を登ってゆく。

川幅《かわはば》は広く左右の崖《がけ》は深い弧《こ》を描《えが》いていた。足下《あしもと》には大小の瓦礫《がれき》が堆積《たいせき》していて、かなり歩きづらい。

半日ほどかけて、氷河の端《はし》にまで到達《とうたつ》した。

見上げると、かなりの高さがあり、また氷の壁《かべ》には無数の亀裂《きれつ》が入っている。うかつに登ると崩《くず》れてきそうだ。

「ここは魔法《まほう》だな」

リウイはアイラにうなずきかける。

そして、彼自身は飛空のマントの魔力を発動させた。そして氷の崖を飛《と》び越《こ》え、氷河の上へと立つ。

「アイラは適当にあがってきてくれ」

リウイは氷河の端に立つと、そう呼びかけた。

「抱《だ》きかかえて運ぶぐらいのことはしてよ」

アイラは不満そうに答えると、〈飛行《フライト》〉の呪文《じゅもん》を唱《とな》えて空に舞《ま》い上がり、リウイの近くに降り立った。

「他の人たちはどうする？」

「瞬間移動《テレポート》の呪文を使えば簡単《かんたん》だが、アイラはあまり好きじゃないだろ？」

「取り返しのきかない失敗することもあるしね。みんなには悪いけど、ここは〈念動《テレキネシス》〉の呪文で運ばせてもらうわ」

アイラは答えると、魔法の発動体を取り出し、精神を集中させる。

「アイラが魔法でみんなをひきあげる。魔力を感じても、抵抗しないでくれよ」

リウイは下にいるジーニたちに呼びかけた。

そしてアイラが唱えた念動の呪文で、ジーニ、メリッサ、ミレルの順で氷河へと運びあげていった。

「魔法ってホント、便利だよね」

ミレルが感心したように言う。

「楽できるときにはしたほうがいいさ。この先、どう考えても大変そうだしな」

リウイは苦笑《くしょう》まじりに答え、行く手を振《ふ》り返る。

山の中腹あたりから上は灰色《はいいろ》の雲で覆《おお》われ、まったく見えない。獣《けもの》が吠《ほ》えるような不気味な音も響《ひび》いてくる。

「まるで魔狼の咆哮《ほうこう》だな……」

ジーニが呪払《のろいばら》いの紋様《もんよう》をなぞりながら、ぼそりとつぶやく。

彼女の故郷《こきょう》ヤスガルン山脈《さんみゃく》も寒冷な気候であり、いくつもの氷河が走っている。吹雪《ふぶき》の音は、氷の上位精霊《せいれい》である氷雪の魔狼フェンリルの咆哮だと信じられているのだ。

「精霊力が異常に働いている気がするな。精霊使いじゃないから、確かなことは言えないが……」

「仲間に精霊使いがいないのは、あたしたちの弱点だよね……」

ミレルがため息をつく。

「呪われた島で会ったハイエルフがいてくれたらと思うよ」

ディードリットという名のそのハイエルフの女性は、優秀《ゆうしゅう》な精霊使いだった。

「それは幸せだろうな」

リウイが恍惚《こうこつ》とした表情でうなずく。

ミレルは一瞬《いっしゅん》、足蹴《あしげ》りを飛ばそうかと思ったが、やめることにした。ハイエルフの美しさに、人間がかなうはずがないのだ。それに彼女には自由騎士《きし》パーンという最愛の男性がいる。ふたりの絆《きずな》の強さは、わずかなあいだ旅をしているだけでよく分かった。

リウイの入り込む余地などない。それにリウイにとって、エルフの女性は崇拝《すうはい》の対象であり、恋愛《れんあい》の対象ではないと分かっていた。

「エルフといえば、セレシアという女もいたな」

ジーニは言ってから、これ以上ないほど顔をしかめる。

〝争いの森〟と呼ばれるターシャスの森で暮《く》らしているエルフの女性で、リウイを騙《だま》し、散々に利用した。

「あの女は、最低だったよね」

ミレルはうなずくと、裏街言葉《スラング》でひとしきり悪態を続けた。

「あんな女に騙されるほうが悪いのですわ。不本意の極《きわ》みです」

メリッサがリウイを睨《にら》みつける。

「昔《むかし》のことを蒸しかえすのはよそうぜ」

リウイは苦笑を浮《う》かべる。

「だいたい、魔術師《まじゅつし》がふたりもいる必要ないんだよね。アイラは実家に帰っていいと思うよ」

ミレルがじとりとした視線《しせん》をアイラに向ける。

「盗賊《とうぞく》しかできない娘《むすめ》に言われたくないわね。街も遺跡《いせき》もないときにはまったく役に立たないんだから、どこかで精霊使いの修行《しゅぎょう》でもしてくれば？」

「アイラだって、ただの魔術師じゃない！」

ミレルが目をつりあげる。

「わたしの本業は商人よ、それに賢者《けんじゃ》でもあるしね。知識というものは万能なのよ」

アイラは得意げに言った。

「知識なんて大半は無駄《むだ》なものだよ！　情報のほうが大事に決まってるじゃない！」

ミレルはむきになって言い返す。

「子供じみた口論はやめようぜ？　オレたちの使命には、知識も情報も必要だ。みんなが力を合わせれば、たいていのことはできるんだから」

リウイはふたりのあいだに割って入ると、ため息まじりに言った。

「それぐらい、分かってるけど……」

ミレルがすねたような表情をする。

「でも、この状況《じょうきょう》だけは、あたしたちにはどうしようもないよ」

「たしかに、愚痴《ぐち》ぐらいは言いたくなるわよね……」

アイラが相槌《あいづち》を打つ。

仲間に精霊使いがいれば、これからの状況はまるで違《ちが》うはずなのだ。

「わたしが〈天候制御《コントロール・ウエザー》〉の魔法を使えたら、よかったんだけどね」

アイラは山頂を見上げながら、肩《かた》をすくめた。

〈天候制御〉の呪文《じゅもん》は古代語魔法のなかでも最高位に属するもので、導師《どうし》級の魔法を操《あやつ》れるアイラでも、まだ唱えることができない。

「あの魔法は、ラヴェルナ導師でもやっと使えるぐらいだからな。爺《じい》さんなら、楽に使えるかもしれないが」

リウイはアイラをなだめた。

無論、かろうじて導師になれるぐらいの魔法しか使えない彼が及《およ》ぶところではない。

白い壁《かべ》のような霧《きり》は、すぐ近くまで降りてきている。冷気はさらに強くなり、細かな氷の粒《つぶ》を運んできていた。

「氷の精霊に抱《だ》かれるのは、これが初めてってわけでもないしな……」

リウイは不敵な笑いを浮かべると、風に向かって右手の拳《こぶし》を伸《の》ばす。

「なんともできない状況をなんとかするのが本当の冒険者《ぼうけんしゃ》ってもんだぜ」

「なんとかって、どうするの？」

アイラが不安そうに訊《たず》ねる。

「当然、強行突破《きょうこうとっぱ》さ。魔法も知識も及ばないなら、拳で片をつける。それでこそ、魔法戦士ってものだろ？」

リウイは冗談《じょうだん》めかして言った。

「その覚悟《かくご》は本意ですが、どうせなら拳ではなく、剣《けん》を使ってくださいませ」

メリッサが額《ひたい》に手を当てながら、首を横に振《ふ》った。

2

白い壁のなかは、数歩先も見えないほどの霧《きり》だった。

風が巻いていて、綿《わた》のような模様《もよう》が絶《た》えず、その形を変えている。

視界のほとんどが白く閉《と》ざされているので、リウイたちははぐれないようお互《たが》いをロープで縛《しば》り、絶えず声をかけあうことにする。

ジーニを制し、リウイが隊列の先頭に立った。

彼女がこういう気候や地形に慣れているのは承知《しょうち》していたが、この異常な状況ではなにが起こるか予想もつかない。魔法でなければ、対処できない可能性も考えたのだ。

「氷河にはときどき裂け目《クレバス》がある。足下にも気をつけるんだぞ」

リウイの次に続くジーニが警告を発する。

「その足下さえ見えないほどなんだ。オレが落ちたら、ジーニが踏《ふ》ん張《ば》ってくれ」

リウイは靴底《くつぞこ》の感触《かんしょく》に神経を集中させつつも、そう答えた。一歩ごと確かめて歩いていたら、山頂に着くまでどれだけの時間がかかるか分からない。もし、クレバスに落ちたとしても、〈落下制御《フォーリング・コントロール》〉の呪文《じゅもん》を高速詠唱《えいしょう》すれば問題ないと、自らに言い聞かせる。

「透視《とうし》の魔力を発動させてるけど、氷と霧の区別さえつかないわ」

三番目にいるアイラが、悲鳴にも似《に》た声をかけてきた。

「足下に暗い影《かげ》のようなものが見えたら、とりあえず教えてくれ」

リウイは振《ふ》り返って、彼女に応じる。

そのとき、風の音に混じって歌声のようなものが聞こえてきた。

そして目の前に真っ白な雪の彫像《ちょうぞう》のようなものが突然《とつぜん》、姿を現す。若い娘《むすめ》の姿をしていて、衣服のようなものはつけていない。腰《こし》のあたりから下はほとんど透明《とうめい》で、霧のなかに溶《と》けこんでいる。

氷の精霊フラウが実体化した姿だった。

その姿は、オーファンにいた頃《ころ》、見たことがある。天候制御の魔法装置《まほうそうち》が暴走し、真夏のオーファンに雪が降るという事件が起こったのだ。

その魔法装置を止めるため、リウイは狂《くる》える氷の精霊が乱舞《らんぶ》するなかに飛びこんでゆかねばならなかった。氷の乙女《おとめ》に嫌《いや》というほど抱かれたのは、そのときである。

「出たな……」

リウイは腰に下げた長剣《ちょうけん》を抜《ぬ》くと、上位古代語《ハイ・エンシェント》を唱え〈魔力付与《エンチャント・ウエポン》〉の呪文を発動させる。精霊を斬《き》るには、銀製か魔力を帯びた武器でなければならないのだ。

「偉大《いだい》なる戦神マイリーよ。我《われ》らを凍《こご》える冷気より守りたまえ……」

メリッサがリウイの声だけに反応し、〈耐冷の守護円《コールド・プロテクティブサークル》〉の奇跡《きせき》を願う。

その瞬間、肌《はだ》を切り裂《さ》くような冷気がまったく感じられなくなった。

「助かるぜ」

リウイは氷の精霊の動きを目で追いかける。

冒険者《ぼうけんしゃ》になりたての頃《ころ》、狂《くる》える風の精霊シルフの素早い動きを剣《けん》で捕《と》らえることができず、拳に魔力を付与《ふよ》し、殴《なぐ》り倒《たお》したことがあった。今では剣の腕《うで》も上達し、拳を使うまでもない。それでも拳のほうが、まだ得意だという気がする。

氷の精霊が襲《おそ》ってくる様子はなかった。細い両手を真横に広げ、リウイたちの前進を阻《はば》もうとしているかのように見える。

開かれた口は動いているが、その声は聞こえない。精霊たちが話す言葉は普通《ふつう》の言語とは異《こと》なる。精霊使いたちは、精霊たちの声なき声を聞く能力を持っているのだ。

「この精霊たちは、狂っているわけじゃなさそうだ」

それならと、リウイは〈言語《タング》〉の呪文を自らにかける。

すると、風の音と思えていたものから、意味が感じとれた。

「ここから……立ち去りなさい……」

氷の精霊は、そう繰《く》り返していたのだ。

「精霊語にも効《き》くんだな……」

リウイは苦笑を浮かべた。精霊語は特殊《とくしゅ》なので、効かない気がしていたのである。なんでも、試してみるものだと思った。

「オレたちは訳あって、この氷河を登っている。赤と白が入り混じった光の球が、この先に向かったはずなんだ。その正体を、オレたちは確かめなければならない。それがこの島に害を及《およ》ぼすようなものなら、それを排除《はいじょ》したいんだ」

「光……光の球……始原《しげん》の混沌《こんとん》……」

氷の精霊は怯《おび》えたように右、左に空を舞《ま》う。

「始原の混沌？」

リウイの表情が険《けわ》しくなる。

「いったい、何が起こっているんだ？」

リウイは氷の精霊に訊《たず》ねた。

「我らの王が……始原の混沌に触《ふ》れた……」

答えが返ってくる。

「どういう意味だ？」

リウイには訳が分からず、アイラを側に呼んで、氷の精霊《せいれい》と交わした会話の内容を伝えた。彼女はリウイと同じ魔法《まほう》を唱え、しばらく耳を澄《す》ませる。

「氷の精霊たちの王といえば、氷雪の魔狼《まろう》フェンリルだよな？　それに始原の混沌ってなんだと思う？」

リウイはアイラに意見を求めた。

「この世界が誕生《たんじょう》したとき、あらゆる精霊力はひとつに融合《ゆうごう》していたとされているわ。神々はその力を分化して、精霊界を創《つく》った。そしてその精霊力が正しくこの世界に力を及《およ》ぼすよう妖精界《ようせいかい》をも創造した……」

アイラは思案しながら答える。

「この世界の創世神話だよな」

「言葉どおりに理解するなら、氷の上位精霊が、始原の混沌である融合されていた精霊力に触《ふ》れたということになるんだけど……」

アイラは不安そうに自らの胸を抱く。

「そんなことが、自然に起こるわけがないよな？　考えられる原因は、ティカが言っていた怪《あや》しい光の球なんだが……」

リウイは嫌《いや》な予感を覚えていた。

「燃えた家と凍《こお》った池、赤と白の光、始原の混沌……」

ひとつひとつ口に出してつぶやいてみる。

「古代王国の時代、複合精霊を創りだす研究もされていた。ふたつの精霊力までは融合させることには成功していたみたいね」

「大地と炎《ほのお》の精霊力を融合させた精霊なら、見たことはあったよな？」

リウイは昔のことを思いだした。

ヤスガルン山脈で助けた山岳民《さんがくみん》アリド族の遠い先祖の女性。その女性が持っていたのが、大地と炎の精霊力が融合した複合精霊ラーヴァであった。その複合精霊を使い、ヤスガルン山脈の休火山を活動させ、大昔のような温暖な気候にもどそうと考えたのである。

しかし、リウイたちはラーヴァを倒《たお》し、それを阻止《そし》した。その女性も、今のアリド族がこの寒冷な気候に順応していることを知り、考えを改めた。今ではアリド族の集落で、穏《おだ》やかに暮《く》らしているはずだ。

「でも、古代王国が創りだした複合精霊が勝手に動くなんて考えられないわ。複合精霊を操《あやつ》る遺失《いしつ》の四大魔術《まじゅつ》があるのかもしれないけど……」

「誰《だれ》かが複合精霊を操っているとしても、この島の住人を殺したり、氷雪の魔狼に差し向けたりする理由がないからな」

「たしかにそうだけど、他に思いつくことってある？」

「ひとつだけある……」

リウイは厳しい表情でうなずいた。

「精霊力が融合して誕生したものを、オレたちはもうひとつ知っているじゃないか？」

「その先は言わないでね……」

アイラは悲鳴のような声をあげ、両方の耳を塞《ふさ》いだ。

「その可能性は否定しないけど、そうであってほしくないから。言葉にすると、それが現実になりそうだわ」

「オレだって、考えたくはないさ」

リウイはため息をつく。

しかし、彼の直感はそれが真実なのではないかと告げていた。

「とにかく、確かめるしかないよな」

リウイは氷の精霊たちを振り返る。

「ここから……立ち去りなさい……」

フラウは、ふたたびそう繰り返していた。

「お願いだから、オレたちを通してくれないか?」

リウイはそう呼びかけてみる。

「立ち去りなさい……」

フラウはしかし、何度、呼びかけても、言葉を変えなかった。

「しかたないな……」

意思が通じても、どうしようもないことはある。

リウイは剣を構えると、氷の精霊に向かって、斬《き》りかかっていった。

3

ときおり襲《おそ》いかかってくる氷の精霊を退《しりぞ》けながら、リウイたちは氷河を登っていった。

視界《しかい》は悪く、氷河の表面は歩きづらい。リウイはクレバスにも何度か落ち、その都度、ジーニに引っ張りあげてもらった。

夜になると、アイラが魔法の宝物である避難所《シェルター》を取り出し、そのなかで休む。一度で使い捨てとなる高価な宝物だったが、アイラはかなりの数、所有しているらしい。

最高級の宿屋でも比較《ひかく》にならないぐらいの費用がかかっているはずだが、避難所のなかはそれほど快適《かいてき》ではない。

外の冷気が入ってこないだけましというもので、リウイたちは防寒着にくるまったまま、夜を過ごした。そして夜が明けると、携帯食《けいたいしょく》で食事を済《す》ませ、早々に出発する。

そうして二日が過ぎ、三日めの昼近くになった頃《ころ》、突然《とつぜん》、空が晴れあがった。

雲が切れ、夏の日差しが、氷河に照りつける。氷河の表面に反射し、目もくらむほどのまぶしさだった。

冷気はまだ強いが、風も止んで、氷の精霊も現れなくなった。だが、それを喜んでいいかどうかは分からない。

傾斜《けいしゃ》は急になっていたが、天候が回復したおかげで、移動は楽になった。焦燥感《しょうそうかん》にかられ、リウイたちはとにかく先を急ぐ。

そして昼を過ぎた頃、氷河の始点にたどり着いた。そこから先は、切りたった崖《がけ》になっており、普通《ふつう》の人間には登ることさえできない。しかし目的の場所は、ここで間違《まち》いなかった。

氷河の始点となっている場所には、巨大《きょだい》な氷塊《ひょうかい》があり、それは内側から赤と白の光を放っていたのである。

「あの塊《かたまり》が、氷の精霊界《せいれいかい》との境界なのかもな」

リウイがひとりごとのようにつぶやいた。

「話に聞いたとおり、赤と白の光が不規則に混じりあっているわね」

アイラが不安そうにうなずく。

「氷の精霊はいないのかな？　残らず倒したとは思いたくないが……」

「実体化していたのを、精霊界に還《かえ》しただけでしょ？」

「そうあって欲しいぜ」

リウイは苦笑まじりにうなずいた。罪《つみ》もない氷の精霊を殺したとは考えたくない。

「これから、どうするんだ？」

ジーニがリウイの側《そば》に近づき、訊《たず》ねてくる。

「とりあえず、氷の精霊に呼びかけてみるさ。なにも現れないなら、あの氷の塊を攻撃《こうげき》するしかないかもな」

リウイも自信があるわけではない。

しかし、あの光はいかにも不気味だった。赤が炎《ほのお》、白が氷というふたつの精霊力の融合《ゆうごう》を暗示しているようにも見える。

「氷の精霊よ、姿を現せ！」

リウイは自らに〈言語《タング》〉の魔法をかけ、氷塊に向かって声を限りに叫《さけ》んだ。

精霊使いなら、精霊を呼びだすのは簡単《かんたん》だろう。しかしリウイにその能力はない。たとえ、彼の声が聞こえたとしても、氷の精霊が呼びかけに応じるかどうかは分からない。

リウイは何度か呼びかけ、そしてしばらく待った。

変化は感じられない。

あたりは静まり、強い日差しだけが空から降り注いでいた。

「どうしたものかな?」

リウイが思案したときだった。

山鳴りのような音が、突如《とつじょ》として、あたりに轟《とどろ》いた。

「魔狼《まろう》の咆哮《ほうこう》だ!」

ジーニが警告の声を発すると、背中の大剣《たいけん》を抜《ぬ》いて、身構える。

メリッサは戦神に祈《いの》りを捧《ささ》げ、耐冷の守護円を周囲に張《は》り巡《めぐ》らせた。

アイラは魔法の発動体である短い棒杖《ワンド》を右手に持ち、顔をひきつらせながら周囲を見回していた。

ミレルは懐《ふところ》から短剣を抜きはしたが、自分の出番がないと分かっているのか、つまらなそうな表情をしている。

リウイは表情ひとつ変えず、怪《あや》しい光を放つ氷塊をじっと凝視《ぎょうし》しつづけている。

今の山鳴りは、精霊が立ち去れと告《つ》げていたのだ。そして、その声の力強さは、あきらかにただの氷の精霊とは違《ちが》う。

そして次の瞬間《しゅんかん》、それは氷塊の上に忽然《こつぜん》と姿を現した。

長い尾《お》をもつ巨大《きょだい》な獣《けもの》である。雪でできた彫像《ちょうぞう》のように白く、まばゆい霊光《れいこう》に包まれていた。だが、その体表に、ときおり赤い光が斑《まだら》に浮《う》かびあがる。まるで何かの疫病《えきびょう》に冒《おか》されたかのようだった。

「あれが、氷の上位精霊フェンリルか……」

リウイが口を開いた。

氷の精霊とは何かと縁《えん》があったが、上位精霊を見るのは無論、初めてだった。高位の精霊使いでも、そうそう出会える存在ではない。

「あなたに、いったい何が起こっている？　その赤い光は、なんなんだ？」

リウイは氷の精霊王に問いかけた。

「我《われ》は始原《しげん》の混沌《こんとん》に触《ふ》れ、汚《けが》れたのだ……」

魔狼の声は山々にこだましていたが、どこかしら苦しそうに感じられた。

「炎《ほのお》の精霊力が、我を蝕《むしば》んでいる。我は氷の精霊力を高め、炎の精霊力を消し去ろうとした。だが、始原の混沌は、我が精霊力を吸収し、さらに力を強めた。我は間もなく始原の混沌へと同化して――」

魔狼の言葉は、そこで途切《とぎ》れた。

そして力尽《ちからつ》きたかのように、その身体《からだ》が横倒《よこだお》しになる。

「魔狼が……」

ジーニが驚《おどろ》きの声をあげ、あわてて呪払《のろいばら》いの紋様《もんよう》に手を当てた。

彼女の故郷《こきょう》であるヤスガルン山脈《さんみゃく》において、氷の精霊王《せいれいおう》は絶対的な存在なのである。その絶対的な存在が失われようとしているのを感じ取ったのだ。氷塊に横たわった魔狼の全身から、赤と白の光が不規則に混じりあいながら放出されている。

「まるで溶《と》けてゆくみたいだね……」

ミレルがそんな感想を漏《も》らす。

「まったくだな」

リウイはうなずいた。

魔狼から放たれていた光は、渦《うず》を巻くように集まりつつある。そして、ひとつの光の球となった。その球も蠢《うごめ》きながら形を変え、空中で蜥蜴《トカゲ》のような姿となる。その全身は赤い炎で揺《ゆ》らめいたり、白く結晶化《けっしょうか》したりと、絶えず形を変えていた。

「複合精霊だな……」

リウイがつぶやく。

その姿は炎の精霊サラマンダーを連想させる。だが、炎の精霊力だけではなく、氷の精霊力をも持ち合わせているのだ。自然界においては相反《あいはん》しているはずのふたつの精霊力が融合《ゆうごう》している。まさに混沌と呼ぶにふさわしい存在だった。

「あの複合精霊が、氷の精霊王を同化したというの？」

アイラが声を震《ふる》わせた。

「純粋《じゅんすい》な氷の精霊力であるフェンリルにとって、氷と炎の精霊力を融合させた複合精霊は猛毒《もうどく》のようなものだったんだろうな。精霊力の純粋性を保つことができず、複合精霊に屈《くっ》したってところだろう……」

リウイはアイラの言葉にうなずく。

「人間よ……分化された精霊力にて動く醜《みにく》き存在よ……」

複合精霊は、下位古代語で呼びかけてきた。

「精霊が下位古代語を？」

リウイが思わず驚きの声を漏《も》らす。

そんな話は聞いたことがなかった。精霊に知性がないからではなく、人間の言語を学習しようとするはずがないからだ。

「しかし言葉が通じるなら、話は早いぜ。いったい、なんのために、おまえは氷の精霊王赤い炎であり、あるいは白い結晶である。

　炎と氷の精霊力を融合させた複合精霊は、舌をチロチロさせていた。その舌はときには
「人間よ、汝《なんじ》が姿は覚えておるぞ……」

を同化したんだ？」

「オレのことを覚えている？　やはり、そうなんだな……」

　そんな予感はしていたのだ。しかし、その予感が間違《まちが》っていてほしいと思っていた。

「あいつの正体が分かるの？」

　ミレルが不思議そうに訊《たず》ねてくる。

「あれは、おそらくアトンの分身だ。あるいは、ただの眷属《けんぞく》かもしれないが……」

「アトンって！」

　ミレルは叫《さけ》ぶと、足をもつれさせたかのようによろめく。しかし、なんとか踏《ふ》ん張《ば》ると、
呆然《ぼうぜん》とした顔でリウイを見つめた。

「なんで、あんなものがここに？」

「さあ、そこまではな……」

　リウイは答えると、右肩《みぎかた》をぐるりと回す。

「しかし、あいつはアトンの本体じゃない。本体はまだ無《む》の砂《さ》漠《ばく》を横断しているはずだ。

だったら、何の問題もない」

もし、そうでなかったら、世界は今頃《いまごろ》、滅亡《めつぼう》していたことだろう。

「氷の精霊王を取り込んで、どうするつもりだ？」

リウイは複合精霊に向かって叫んだ。

「我は神々により分化されし力をふたたびひとつに還《かえ》すのみ。人間よ、汝らの有する精霊力もいずれすべて呑《の》みこもう……」

複合精霊はふたたび、下位古代語で答える。

「そんなこと……させるかよ！」

リウイは剣《けん》を抜《ぬ》くと、〈魔力付与《エンチャント・ウエポン》〉の呪文《じゅもん》を唱えた。

魔力《まりょく》を帯びた刃《やいば》が青白く輝《かがや》く。

しかし、すぐ斬《き》りかかってはゆかず、〈光の矢《エネルギーボルト》〉の呪文を唱えた。

小手調《こてしら》べであり、相手を挑発《ちょうはつ》する意図もある。

エネルギーボルトは複合精霊の鱗《うろこ》に突《つ》き刺《さ》さり、すぐに消えた。しかし、複合精霊は微《び》動《どう》だにしなかった。

「まあ、オレぐらいの魔力じゃな……」

リウイは苦笑をすると、自らに対し〈潜在開放《フルポテンシャル》〉の呪文をかける。

「やはり、こちらで行かせてもらうぜ！」

リウイは剣を真横に構えると、飛空のマントの魔力を発動させ、空へと浮かびあがった。

敵が強力な精霊魔法《せいれいまほう》を使うのは間違《まちが》いない。家を焼き、池を一瞬《いっしゅん》にして凍《こお》らせたのは、この複合精霊の仕業《しわざ》なのだ。仲間を巻き込みたくはない。

「待ってよ！」

アイラがあわてて上位古代語を詠唱《えいしょう》し、〈対抗魔法《カウンターマジック》〉の呪文をまずリウイに、それから彼女自身も含《ふく》めた全員にかけた。

本音を言えば、〈魔法障壁《ルーン・シールド》〉のなかに閉《と》じこもりたいところだが、それをしては魔法で援護《えんご》することができなくなる。

そして次の瞬間、アイラは強力な魔力を感じた。

「狙《ねら》われた？」

アイラは激《はげ》しく動揺《どうよう》した。

そして、次の瞬間、彼女は氷柱《ひょうちゅう》のなかに閉じ込められ、意識を失っていた。

「アイラ！」

それに気づいたリウイが空の上から〈解呪《ディスペル・マジック》〉をかける。

アイラを閉じ込めていた氷柱が消滅《しょうめつ》し、アイラはふらふらと倒《たお》れた。

「しっかりしなよ」

ミレルが素早くアイラの身体《からだ》を支えたが、彼女は気を失ったままだった。しかし、脈《みゃく》はあり、冷たくなっていた身体もじょじょに温まってゆく。

「偉大《いだい》なる神々の奇跡《きせき》を否定するなど、許しはしませんわ」

メリッサが〈神性武器《ホーリー・ウエポン》〉の奇跡を願い、左手を高くあげる。その手のなかに光り輝く長大な弓《ゆみ》が現れた。

東の果て《イーストエンド》の島で弓使いの女性から習って以来、メリッサは長弓が気に入っている。扱《あつか》うには技量もさることながら、強い精神力を必要とし、神官としての修行にもなるのだ。

「混沌消散！」

見えない弦《つる》を引き絞《しぼ》り、気合いの声とともに放つ。光り輝く矢が現れ、複合精霊の眉間《みけん》に突き刺さった。

効果はあったらしく、蜥蜴《トカゲ》の姿をした精霊は首を激しく打ち振《ふ》るう。

しかし、次の瞬間、メリッサの足下《あしもと》から先端《せんたん》が鋭《するど》く尖《とが》った何本もの氷柱が伸《の》び、彼女の足を貫《つらぬ》いた。

「くっ！」

メリッサは痛みに耐《た》えながら、二の矢を放つ。

しかし、氷柱がさらに数本、伸び、そのうちのひとつが彼女の横腹に突き刺さった。

「ああっ！」

さすがに悲鳴を押《お》し殺せず、メリッサはその場にうずくまる。

「大丈夫《だいじょうぶ》か？」

ジーニが駆《か》け寄《よ》って、傷の具合を確かめる。

脇腹《わきばら》の傷はかなりの深傷《ふかで》だった。心臓の鼓動《こどう》に合わせて、血が噴《ふ》きだしている。

メリッサはそれでも立ち上がり、攻撃《こうげき》を続けようとしていた。

「まず、傷《きず》を塞《ふさ》ぐんだ」

ジーニはメリッサをかばうように抱《だ》きながら叱《しか》りつけるように言う。

「も、申し訳ありません」

メリッサは唇《くちびる》を嚙《か》みながら、自らに癒《いや》しの呪文《じゅもん》を唱《とな》えた。

そのあいだに、リウイは氷塊《ひょうかい》の上に飛び移り、複合精霊に斬《き》りかかっていた。

純粋な魔力を帯びた刃《やいば》が、相手を切り裂《さ》く。

青白い光が火花のように散った。どのくらい効《き》いているのかは分からないが、相手を消滅《しょうめつ》させるまで、リウイは剣《けん》を振るいつづけるつもりだった。

複合精霊も、口から炎《ほのお》を吐《は》きだしたり、足下から氷を矢のように飛ばし、リウイを殺そ

うとする。

もっと強大な魔力もときおり感じたが、リウイはその魔力をことごとく退《しりぞ》けた。

〈対抗魔法〉の守りはあるし、〈潜在開放〉により、彼自身の魔力も高まっている。そして相手が相手だけに、今は完全に集中していた。

「リウイ、珍《めずら》しく本気みたいだね」

ミレルがアイラを介抱《かいほう》しながら、リウイが複合精霊と戦うのを嬉《うれ》しそうに見つめていた。

「そのようだな。ここは、あいつに任せるとするか」

傷こそ塞がったがまだ苦しそうにしているメリッサを気遣《きづか》いながら、ジーニがうなずく。

命懸《いのちが》けの戦いになればなるほど、リウイは実力を発揮《はっき》するのだ。

リウイは複合精霊の強力な魔法に耐《た》えながら、縦横に剣を振るっている。

相手は動きが鈍《にぶ》く、攻撃が外《はず》れることはない。しかし、魔力を帯びた刃でいくら斬りつけても、まったく効いていないように見えた。普《ふ》通《つう》なら、焦《あせ》りを覚えるか疲《ひ》労《ろう》するかして、相手が使う魔法攻撃に抗《こう》しきれなくなるところだが、リウイは一瞬たりとも集中を途《と》切《ぎ》らせずに戦い続ける。

やがて、複合精霊は、はっきりと分かるほどその輪郭《りんかく》が歪《ゆが》みはじめた。赤い炎は乱れ、白い結晶《けっしょう》は崩《くず》れつつある。

「もうすこし！」

ミレルがふたつの拳《こぶし》を握《にぎ》りしめながら、声に力を込《こ》める。

その頃《ころ》には、アイラも目を覚まし、メリッサも回復していた。

ふたりはリウイを魔法で援護《えんご》したり、隙《すき》を見て複合精霊に直接攻撃を加えてゆく。

そしてジーニも大剣《たいけん》に魔力を与《あた》えてもらってから、リウイに加勢した。

「仕留《しと》めるぞ！」

ジーニはリウイに声をかけると、溜《た》めていた力を爆発《ばくはつ》させるように大剣を叩《たた》きつけてゆく。

「どうやら、消滅するのはおまえのほうだな」

リウイは下位古代語で呼びかけた。

複合精霊は答えない。だが、その形は完全に崩れ、光の球となった。

「逃《に》げるつもりか！」

リウイは飛空のマントの魔力をふたたび発動させる。

だが、そのとき巨大《きょだい》な魔力が全身を包むのを感じ、リウイは咄嗟《とっさ》に全神経を集中させた。

そして目の前が赤く染《そ》まり、猛烈《もうれつ》な熱気が襲《おそ》ってきた。

炎《ほのお》の精霊魔法の攻撃を受けたのだと悟《さと》り、反射的に氷塊の上を転がる。すると勢いあまって氷塊から落ち、リウイは強《したた》かに背中を打った。息が詰《つ》まり、しばらくのあいだ身動きができない。

ようやく片膝《かたひざ》をついて上体を起こしたときには、光の球は空高く飛び上がっていた。

そして氷塊のうえには魔狼の姿がある。だが、その全身は炎のごとく赤黒く揺《ゆ》らいでいた。

「我、力を得たり」

魔狼は下位古代語を発すると、首をもたげ、遠吠《とおぼ》えした。その咆哮《ほうこう》は山々に幾重《いくえ》にもこだまし、大地さえ震《ふる》わすほどである。

「ふたつ、いやがったのか……」

リウイは歯噛《はが》みした。

サラマンダーの姿をした炎と氷の複合精霊と戦っているあいだに、もうひとつが魔狼を完全に同化してしまったのだろう。炎の精霊魔法をかけてきたのは、おそらく魔狼と同化したほうだ。

氷塊の上にいるジーニは果敢《かかん》にも魔狼に斬りかかっているが、魔狼のほうは意にも介《かい》さなかった。驚《おどろ》くほど高く跳躍《ちょうやく》すると、空中にいるあいだに光の球と化した。そしてそのまま、恐《おそ》ろしい速さで飛び去ってゆく。

リウイが空を飛んで追いかけても、間に合うとは思えなかった。サラマンダーが姿を変じた光球も南へと遠ざかりつつある。

「くそっ！」

リウイは呻《うめ》き、悪態をついた。

しかし、すぐ気を取りなおし、冷静に遠ざかりつつあるふたつの光球を観察する。

「飛び去る方向が違《ちが》うな……」

リウイは思った。

ひとつは東からいくらか南に寄っている。その先にあるのは、無《む》の砂漠《さばく》だ。

「アトンのもとに帰るつもりなのか？」

声に出して、自問してみる。

もうひとつは南から幾分《いくぶん》、西よりだ。

その先には、噴煙《ふんえん》がたなびく神の心臓ラーヒがかすかに見える。

「嫌《いや》な予感がするぜ……」

リウイはそれも声に出して、言った。

そして次の瞬間《しゅんかん》——

その予感が早くも的中したかのように、周囲で異変《いへん》が起こった。氷河の表面から煙《けむり》のようなものが立ち上り始めたのである。

リウイが手に取ると、それは細かな氷の粒《つぶ》だった。

「霧氷《むひょう》？」

リウイは自問したが、自然現象とはとても思えなかった。氷の霧《きり》は次第に濃《こ》くなってゆき、空一面を白く覆《おお》ったのである。

氷河が蒸発《じょうはつ》しているのだと気づいたのは、かなりの時間が経《た》ってからだ。そして、それから半日も経たず、氷河は完全に消え去る。永久凍土《とうど》も溶《と》けはじめ、北の平野は泥沼《どろぬま》と化した。

炎と氷の島から氷の精霊力が失われたのである——

第4章　混沌竜《カオスドラゴン》

1

森が、燃《も》えていた。

激《はげ》しい炎《ほのお》が渦巻《うずま》きながら天に伸《の》びている。無限に湧《わ》きあがる白煙《はくえん》で、青かった空が完全に隠《かく》れてしまっていた。鼻をつくような異臭《いしゅう》がたちこめ、息をするたびにむせぶ。

「水の精霊《せいれい》を召喚《しょうかん》せよ」

今し方、駆《か》けつけてきたばかりのエルフ族の長老たちが大声をあげている。

(もう、やってるわ)

水の精霊ウンディーネを操《あやつ》りながら、セレシアは心のなかで愚痴《ぐち》った。

飛び火を消し、自分の見える範囲《はんい》の延焼《えんしょう》を防いでいる。

(そんなことより、あれをなんとかしてよ)

セレシアは眉《まゆ》をひそめながら、視線《しせん》を転じる。

その先に、一本の巨木《きょぼく》があった。エルフが十人で取り囲んで、輪を作れるぐらいの太さがある。高さはそれほどでもないが、大きく枝を広げ、黄金の葉を茂《しげ》らせていた。〝争いの森〟として知られるここターシャスの森でも有数の古木である。

それが突如《とつじょ》として燃えあがったのは、昨日《きのう》のことだ。落雷《らくらい》や強風による自然発火ではない。幹も枝も葉も、すべてが一斉《いっせい》に燃えあがり、しかも燃え尽《つ》きることがなかった。

それと同時に、周囲の木々や雑草が一斉に枯《か》れ、そこへ木の実が爆《は》ぜたように火の粉《こ》が降りそそいでいったのである。

たちまち大火事となった。

この森を住処《すみか》とするエルフの部族は、無論、すぐに行動を起こした。ほとんど全員が駆けつけて、消火にあたった。しかし、火事の中心にあった巨木の炎を消そうとすると、炎の精霊魔法《まほう》による攻撃が返ってきたのである。

驚《おどろ》いたことに、その古木は樹木の上位精霊であるエントと化していたのだ。森の精霊王エントがこの世界に実体化するときには、古木に宿《やど》ることが多い。しかし、そのエントは恐るべきことに炎の精霊力をもあわせもっていた。

そんな精霊が自然には存在するはずがない。存在するとしたら、それは精霊力が未分化であった始源《しげん》の時である。もしくは、古代王国の魔術師《まじゅつし》が人工的に創《つく》りだしたという忌《い》まわしき複合精霊だ。

いずれにせよ、森を破壊《はかい》しようとするような存在を許せるものではない。

セレシアたちは弓矢《ゆみや》や精霊魔法で攻撃《こうげき》を加えたが、炎のエントの反撃《はんげき》により死傷者《ししょうしゃ》が増《ふ》えるいっぽうだった。セレシアも足にひどい火傷《やけど》を負った。

(痕《あと》が残ってしまうわ)

自らに宿る生命の精霊を励起《れいき》し、火傷は治したものの、まだ赤く腫《は》れている。

エルフたちは部族の長老たちを呼ぶことにし、それまでは炎のエントを遠巻きにし、延焼だけを防いでいたのである。

そして長老たちは到着《とうちゃく》したのだが――

「水の精霊王を召喚しなければ……」

「海魔《かいま》クラーケンを呼びだせるほどの水源《すいげん》は、この近くにはあるまい？」

「泉《いずみ》があったはず。強引《ごういん》に水の門を開けばよいのだ」

「ならば、あなたが呼びだせばいいではないか？」

長老たちは、声高《こわだか》に口論しあっている。

普段《ふだん》は冷静な彼らだが、彼らの千年に近い生涯《しょうがい》でも初めての異常事態《いじょうじたい》に、さすがに狼狽《ろうばい》を隠しきれない様子だった。

「いっそ風の王を呼び、炎を吹《ふ》き消すというのは……」

「それでは、かえって火勢が強くなろう？」

「不死鳥《フェニックス》だ。再生《さいせい》の炎で、この一画のみ灰《はい》にすればよい」

「だから、あなたが呼びだせばいいではないか？」

長老たちの口論は続いている。

（まったく……）

セレシアは大きくため息をついた。

そして、

（こんなとき、あの人がいてくれたらな）

と、ある男の姿を脳裏に思い浮《う》かべる。

エルフではなく、人間の男であった。

その男は冒険者《ぼうけんしゃ》であり、魔法戦士を自称《じしょう》している。そして驚いたことに、彼はオーファンの妾腹《しょうふく》の王子だったらしく、今は王命を受けてアレクラスト大陸中を巡《めぐ》っている。そして各地で様々な武勲《ぶくん》をあげているようだ。ここ争いの森にも、彼の噂《うわさ》は伝わっている。

セレシアが最初に会ったときは、いかにも軽薄《けいはく》で、調子がいいだけの若者に見えたのだが……

（だから、人間って侮《あなど》れないんだわ）

寿命《じゅみょう》が短いだけに、恐ろしい速さで成長してゆくのだ。

（もう、わたしの言いなりにはなってくれないだろうな……）

もっと頻繁《ひんぱん》に会いにゆけばよかったと、セレシアはわずかに後悔《こうかい》を覚える。

（でも、ハーフエルフは産みたくないし……）

あの男がどうしようもない女好きであることは、調べてみてすぐに分かった。今も女性だけを連れて旅をしているらしい。

自分も女だから、なんでも言うことを聞いてくれるのだと、セレシアは思っていた。

だが、そのうち代償《だいしょう》を求められるかもしれない。キスをするぐらいで満足してくれたらいいのだが、いつまでもそれでは済《す》まないだろう。だが、それ以上の覚悟《かくご》は、セレシアにはない。

（なんとか、うまく手懐《てなず》けることはできないのかな？）

そんなことを思案していると――

「セレシア！　足下《あしもと》が燃えているぞ！」

誰《だれ》かの声がして、セレシアはあわてて我《われ》に返った。

気がつくと、足下の枯葉《かれは》が炎《ほのお》をあげている。

「ウンディーネ……」

水の精霊を操り、その火を消し止めた。

（いない人のことなんて、もう忘れないと……）

セレシアは強く自分に言い聞かせた。

しかし、彼女はおりにふれて、その人間のことを思いだすことになる——

2

「西の空が赤いな……」

オーファンの王城のバルコニーに立ち、オーファン王リジャールは不機嫌《ふきげん》につぶやいた。

日はとっくに沈《しず》んだというのに、西の空は赤く染《そ》まっている。

「ターシャスの森で、火事が発生したようです。すでに近衛騎士《このえきし》を調査のため派遣《はけん》しております」

背後にひかえていた宮廷魔術師《きゅうていまじゅつし》のラヴェルナが、表情を変えることなく報告した。

「あれも、一連の事件と関わりがあるのか？」

「あるいは、そうかもしれません」

顔だけを振《ふ》り返らせて問うてきたリジャールに、ラヴェルナは静かにうなずいた。

「ふむ……」

リジャールはふたたび西の空に視線《しせん》を向けると、肩《かた》をそびやかす。

ここのところ、オーファンの宮廷にはアレクラスト大陸各地で発生した異常現象の報《しら》せが届いているのだ。

ヤスガルン山脈《さんみゃく》で起こった大雪崩《おおなだれ》ではいくつもの谷が埋《うず》まり、街道が寸断されている。山脈の向こう側、北海沿岸に港の建設を開始し、街道も整備《せいび》している矢先の災害《さいがい》だった。

アリド族の集落にもかなりの被害《ひがい》が出ているらしい。

また南海では、季節風と潮《しお》が止まり、帆船《はんせん》が立ち往生しているという。ザインではエア湖《こ》が大減水《だいげんすい》し、連奇岩《れんきがん》が根元まで現れた。エレミアの砂漠《さばく》では大雨が何日も続いているし、ミラルゴの大草原の一画が、一夜にして枯《か》れ野となったそうだ。

「この大陸に、いったい何が起こっておる？」

今度は振り返りもせず、リジャールは問うてきた。

「世間では、世界が破滅《はめつ》するのではないかとの噂《うわさ》が広がっておるらしいぞ？」

「不安が広がっているのは確《たし》かです」

ラヴェルナは我知らずため息を漏《も》らした。

異常現象がひとつやふたつなら、気まぐれな自然の悪戯《いたずら》で片づけることもできよう。しかし同時発生してるとなると、そうはゆかない。

「あれが、渡《わた》って来たのではないのか？」

「知人に調査してもらいましたが、魔精霊《ませいれい》の姿はいまだ無《む》の砂漠《さばく》にあったとのことです。移動の速度も変わっておりません……」

ラムリアースの元森林衛士《しんりんえいし》ジュディスと精霊使いのケニーに動いてもらったのだ。

「しかし、無関係ではないかもしれません」

大陸中で起こっているすべての異常は精霊力と関係している。

しかも、魔精霊は怪《あや》しい光を空に向けて飛ばしていたというのだ。ケニーが見たところ、それは異《こと》なる精霊力を融合《ゆうごう》させた複合精霊であったという。

ラヴェルナがそう告《つ》げると、リジャールの顔はますます不機嫌になる。

「歯がゆいな。真相を調べよ。もしも、あれが無の砂漠を渡り終えたら、世界は終わるのだぞ？　魔法王の剣《けん》を悠長《ゆうちょう》に探《さが》していられないかもしれん。その場合には大陸中にふれを出し、全住人が総出《そうで》で探すよりないのだからな」

それをすれば、大恐慌《だいきょうこう》が起こるのは確実だ。だから、それは最後の手段である。ただし、アトンが無の砂漠を渡り終えるため、何かの手段を見つけだしたのだとしたら、それもやむを得ないのだ。

「全力を尽くしまして……」

ラヴェルナは恭《うやうや》しく一礼すると、バルコニーから玉座《ぎょくざ》の間へもどる。

玉座の近くには、近衛騎士隊長ローンダミスの姿があった。ラヴェルナの夫でもある。

「魔力《まりょく》の塔《とう》のように、無の砂漠にも近衛騎士を常駐《じょうちゅう》させるか？」

ローンダミスは妻である女性と同様、無表情に声をかけてきた。

リジャール王の左右に控《ひか》えているときには、石と氷の彫像《ちょうぞう》に喩《たと》えられているふたりである。しかし家に帰ると、仲睦《なかむつ》まじい夫婦《ふうふ》だという噂が広まりつつあった。

事実、その通りなのだが、誰《だれ》かに見られたはずはない。ふたりの屋敷《やしき》は、古代王国の遺《い》跡《せき》をはるかに凌《しの》ぐ魔法の仕《し》掛《か》けを施《ほどこ》しているし、魔物さえ配置しているのだ。命知らずの盗賊《とうぞく》が侵入《しんにゅう》したことが一度、あったが、その盗賊は死ぬよりも恐《おそ》ろしい思いをして、逃《に》げ帰《かえ》っている。

人の噂というものは恐ろしいと、ラヴェルナはつくづく思う。

「危険《きけん》でしょうね。無の砂漠には長くいると、精霊力を吸《す》い取られるから……」

ラヴェルナはローンダミスに答えると、ため息をひとつ漏《も》らした。

「遠見の水晶球《すいしょうきゅう》で毎日、定点観測します。それ専用に使うには、惜《お》しい宝物だけれど」

「アウザール商会に頼《たの》めば、もうひとつ取り寄せてくれないかな？」

「銀貨三十万枚も使って？　手痛い出費ね」

ラヴェルナはオーファンの財政も任されている。オーファンの国庫はそれなりに潤沢《じゅんたく》だが、無駄《むだ》な出費はしたくない。この先、どのような有事が起こるともしれないのだ。

「リウイ王子にも連絡《れんらく》しておいたほうがいいな」

「そうね。相変わらず、向こうからは連絡をしてこないから……」

リウイには定期的に連絡するようにと、一対になっている魔法の半水晶のひとつを渡してある。制限はいくつかあるものの、それを使えば、もう片方と連絡が取れるのだ。しかし、リウイは滅多《めった》なことでは連絡してこない。

いつも首から下げているその魔法の宝物を取り出すと、合言葉を唱えて、起動させる。

「リウイ王子、聞こえますか？」

そしてラヴェルナは半分に割れた水晶の結晶《けっしょう》に向かって呼びかけた――

3

魔法の半水晶から、突然《とつぜん》、ラヴェルナの声が響《ひび》き、リウイはあわててこの魔法の宝物を懐《ふところ》から取りだす。

縦にふたつに割れた水晶柱《ちゅう》は、青白く明滅《めいめつ》していた。

「聞こえます、ラヴェルナ師《し》……」

リウイは姿勢を正し、返事をする。

そして魔術《まじゅつ》の導師である女性から、アレクラスト大陸各地で異常現象が発生していることを知らされた。

「大陸で、そんなことが……」

リウイは顔色を変える。

氷河の消えた〝神の槍《やり》〟シュクル山から、アイラが覚悟《かくご》を決めて唱《とな》えた〈瞬間移動《テレポート》〉の呪文《じゅもん》で、港町アクラの近くへと跳《と》んできたところだった。これからエルセンに会い、自分たちが知り得たことを報《しら》せるつもりである。

リウイはラヴェルナにも、この炎と氷の島で起こりつつある出来事を報告した。

〝魔女《まじょ》〟を自称《じしょう》する女性が息を呑《の》む気配が、半水晶から伝ってくる。

「――やはり、魔精霊が関係していたのですね？」

「複合精霊と直接、話をしましたから、間違《まちが》いありません。ヤツらはアトンの分身か眷属《けんぞく》で、各地の精霊王と融合《ゆうごう》しようとしているようです。アトンの最終目的は、始源《しげん》の混沌《こんとん》に還《かえ》るため、世界の精霊力すべてを融合させることですから……」

「――無の砂漠に留《とど》まったまま、精霊力を取り込む方法を見つけたということですか？」

「そうだと思います」

リウイは半水晶に向かってうなずいた。

「――由々《ゆゆ》しき事態ですが、どう対処すればよいのでしょうね？」

ラヴェルナが、意見を求めてきた。いかに魔女とて、全知全能ではないということだ。

「それは、オレが教えてほしいぐらいです。とにかくオレは、もう一体の複合精霊を倒《たお》すことに全力を尽《つ》くします。それしか、思いつきませんから」

「――それは有効だと思います。ですが、すべての複合精霊を見つけだし、倒すことは不可能です。そして大陸各地で起こった異常現象は、すでに何体もの上位精霊がアトンの眷属に取り込まれたことを示しています。最大の問題は、上位精霊を吸収したアトンがどうなるかです。緊急《きんきゅう》を要すると判断された場合、リジャール陛下《へいか》は大陸中に真実を明らかにすることも辞《じ》さぬ覚悟でおられます……」

あの人なら本当にやるだろうと、リウイは思った。

当然、大陸中が大混乱に陥《おちい》るはずである。それで世界が確実に救われるならいいのだが、その保証はどこにもないのだ。

「複合精霊から、アトンの真意を聞きだせるとは思いません。アトンに変化がないか、観察するしかないのではありませんか？」

「――わたしもそう判断しています。アトンの観察は、わたしが責任を持って行います。緊急《きんきゅう》のときには、リウイ王子にもただちにオーファンに帰っていただきますよ」

「この島でやるべきことを終えたらもどります」

リウイは、あわてて答えた。

もう一体の複合精霊を倒さねばならないし、クリシュのこともある。それまで、この島を離《はな》れるわけにはゆかないのだ。

「――まあ、いいでしょう。とにかく状況《じょうきょう》は切迫《せっぱく》しています。新しい事実が判明したら、すぐに報せてください。それと、いつも言っていますが、連絡《れんらく》はもっと緊密《きんみつ》に取るようお願いします」

そう言い残して、半水晶から流れるラヴェルナの声は途切《とぎ》れた。口調《くちょう》こそ丁寧《ていねい》だったが、背中が凍《こお》りつくような迫力《はくりょく》がある。

「ふーっ……」

リウイは大きく息をつくと、いつのまにか額《ひたい》に滲《にじ》んでいた汗《あせ》をぬぐった。

それから、仲間たちを見回す。

彼女らにもラヴェルナの言葉は聞こえていたはずだ。

「大変なことになってきたわね……」

アイラが眉《まゆ》をひそめながら言った。

「アトンが精霊力を集めているのは間《ま》違《ちが》いないが、それでどうなるかは推測《すいそく》の域《いき》を出ない。それが、もどかしいよな」

「いよいよ最後の手段かしらね」

アイラがため息まじりにリウイを見つめる。

「シャザーラか？」

リウイの顔が厳《きび》しくなる。

「気は進まないけど、非常のときにはしかたないもの。さっきも〈瞬間移動〉の呪文《じゅもん》を使うしかなかったしね。この勢いで、やってみるわ」

「くれぐれも、気をつけてくれよ」

リウイはアイラの両肩《りょうかた》に手を置き、うなずきかけた。

「もしも、指輪《ゆびわ》を外したあと、わたしの様子がおかしかったら気をつけてね。シャザーラに入れ替《か》わられているかもしれないから……」

アイラはそう言うと、腰《こし》につけているポーチから、指輪を取りだした。その指輪はかつて、とある遺跡で発見した古代王国時代に作られた婚約《こんやく》指輪だった。

だが、その指輪には、はめた者をそのなかに捕《と》らえるという強力な呪《のろ》いがかかっていたのである。リウイはそうと知らず、アイラに指輪を贈《おく》ってしまった。アイラは危険を感じつつも、その指輪をはめたのである。そして数年間、指輪のなかに閉《と》じこめられたのだ。指輪からアイラを解放できたのは、彼女の身代わりをしたてたからである。身代わりとなったのは、魔《ま》法《ほう》の洋燈《ランプ》の精霊《せいれい》にして知識魔神《ナレッジデーモン》であるシャザーラ。

三つの願いをかなえるまで、シャザーラは魔法の洋燈に束縛《そくばく》されていた。その三つめの願いで、リウイはシャザーラに永遠の愛を誓《ちか》わせ、指輪をはめさせたのである。

シャザーラは魔法の洋燈の束縛から解放された。だが、今度は魔法の指輪に囚《とら》われたのだ。哀《あわ》れだとは思うが、アイラを救うためである。

リウイは後悔《こうかい》などしていない。

アイラは指輪の所有者として、そのなかに囚われているシャザーラと意識を同調させることができる。シャザーラは異界の住人である知識魔神で、全知の能力を持っていた。

指輪から解放されてしばらくのうちは、アイラは好んでシャザーラと同調し、魔神から知識を得ていた。だが、やがて魔神に引きこまれてしまいそうな不安を覚え、彼女は指輪に触《ふ》れることはなくなったのである。魔法の宝物の収集《しゅうしゅう》と研究が趣味《しゅみ》でも魔術の専攻《せんこう》でもあるアイラだから、なにか危険を感じたのだろう。

それ以来、リウイも、アイラにシャザーラと接触《せっしょく》させないようにしてきた。

しかし、今はどうしても真実を知りたい。もしも精霊王を取り込んだアトンが、いきなり無《む》の砂漠《さばく》を越《こ》えてきたとしたら、世界の滅亡《めつぼう》は避《さ》けられないのだ。

「始めるわね……」

アイラはぎこちなく微笑《ほほえ》むと、指輪を右の掌《てのひら》にのせ、ゆっくりと包みこんだ——

4

魔法の指輪を握《にぎ》りしめた瞬間、アイラは心が無限に広がってゆくのを覚えた。

両目を閉じて、その感覚に心を委ねる。

（シャザーラ……）

アイラはかつて洋燈《ランプ》の精霊であった知識魔神の名を呼んだ。

しばらくすると、アイラの心のなかに、人間の女性の姿をした知識魔神が現れ、大きく片手を振《ふ》りながらお辞儀《じぎ》をする。

（お久《ひさ》しゅうございます）

シャザーラは妖艶《ようえん》な微笑《びしょう》を浮《う》かべ、アイラに挨拶《あいさつ》をした。

（あなたの知識を借りたいの）

アイラは声をかけた。

(ご主人様、本当のわたしは、赤子のように無知なのです。ただ、わずかな力を代償《だいしょう》とし、真実を伝えることができるだけ。しかし、この指輪に囚われている今のわたしには、いかなる力もありません。ただ、真実の愛を誓ったあの方を――リウイ様をお慕《した》いしつづけるだけ……)

(そんなこと、聞いていないわ)

アイラは心を乱されまいと、気をひきしめる。

ほんのわずかな隙《すき》を見せれば、シャザーラが入りこんできそうなのだ。彼女は人間より遥《はる》かに強力な存在である異界の住人だ。アイラの卑小《ひしょう》な魂《たましい》など、容易《たやす》く呑《の》みこんでしまうだろう。

(ならば、何をお聞きになりたいのです？　リウイ様がもっとも愛している女性の名をお教えしましょうか？)

(必要ないわ)

アイラは平静でいようとしたが、自らの心臓《しんぞう》が大きく鼓動《こどう》しだすのを意識した。

(リウイ様をもっとも愛しているのは、このわたしです。それゆえに、この指輪に囚われているのですから。それこそが、わたしのあの方への真実の愛の証《あかし》。あなたは、この指輪から解放されることを望まれていた。それは、あの方への愛を捨てることと同じ……)

（お黙《だま》りなさい！）

アイラは我慢《がまん》しきれず、心のなかで叫《さけ》んだ。

（お望みならば。ですが、今のは、あなたの心の声です。わたしが言わずとも、いつも聞こえてくるはず……）

（分かっているわ！）

アイラの心は怒《いか》りに震《ふる》えた。

（わたしは、愛のためにすべてを犠牲《ぎせい》にするなんてできない女よ。リウイだって、そう思っている……）

（リウイ様にお伝えすればいかがですか？　あなたこそが、もっともあの方を愛しているということを。今一度、永遠の愛を誓い、この指輪をはめれば、願いはかないます。それとも、わたしにあなたの心を委《ゆだ》ねてくださいませんか？　リウイ様の心を操《あやつ》り、わたしひとりを愛するようにしてさしあげましょう。あなたとわたしは一体なのですから、あなたもリウイ様の愛を手に入れることができますよ？）

（……魅力《みりょく》的な提案ね）

アイラはそう答えた。

しかし、シャザーラの言葉は、もうアイラの心を乱すことはなかった。今の知識魔神の

提案で、彼女の狡猾《こうかつ》さの底が見えたからである

（でも、それこそ、わたしらしくないのよ。わたしは最高の女であることを、あの人へ示しつづけてきた。それが、リウイへのわたしの愛よ）

アイラは誇《ほこ》りをもって言った。

自らの愛に悔《く》いはない。たとえ、それが報われなかったとしても……

（愛とはすべからく呪いです……）

シャザーラは嘲笑《ちようしよう》した。

（あなたが、呪いから解放されることをお祈《いの》りいたします）

（余計なお世話だわ……）

アイラは冷笑で答えた。

そして、シャザーラに自らが求める知識を伝える。

知りたいことは、かなり抽象《ちゆうしよう》的な内容である。アイラは質問の言葉ではなく、脳裏にアトンの姿を思い浮かべ、そして複合精霊と融合《ゆうごう》させられた氷雪《ひようせつ》の魔狼《まろう》フェンリルの姿を記憶《きおく》から呼び起こす、さらにはフェンリルが赤と白が混じった光球《こうきゆう》となり、アトンが取り込んでゆく様子を思い描《えが》いた。

（これが意味するところが、あなたに分かる？）

（それは、とても難《むずか》しい問いです。大きな代償《だいしょう》を必要といたします）

（いいでしょう……）

アイラは答え、しばし思案した。

知識魔神の全知の能力には代償が必要となる。魔法の洋燈《ランプ》に封印《ふういん》されていたときには、封印の魔力そのものが代償であったらしい。それゆえ、三つの願いを叶《かな》えると、封印から解放されたのである。

魔法の指輪の封印の魔力は、魔法の洋燈とは異なる。それゆえ代償が必要なのだ。それは、アイラが持っている知識や記憶《きおく》である。いわゆる等価交換《とうかこうかん》だ。

リウイには秘密にしていたが、アイラはこれまで、それらを代償として、知識を得ていた。だが、そうして知識や記憶を失うにつれ、自分が自分でなくなってゆくような恐怖《きょうふ》を覚えたのだ。それで、シャザーラと交信を持つことをためらうようになったのである。

これを最後にしよう、とアイラは決意した。

二度と、この指輪には触《ふ》れない、と心に誓《ちか》う。

（いつものように、わたしの想い出のひとつを与《あた》えましょう……）

アイラはシャザーラに申し出た。

（いかなる記憶をくださいますか？）

(リウイと初めて会ったときの想い出ではどうかしら?)

アイラはシャザーラにそう提案した。

シャザーラは、驚《おどろ》きの表情を浮かべる。

(……そのような印象強き記憶を?)

(十分でしょ? あなたにあげるわ。あのときのリウイは本当に可愛《かわい》らしくて、わたしはお爺《じい》さまに、彼と友だちになりたいとおねだりしたのよ。そしてリウイが魔術師《まじゅつし》ギルドに入ると聞いて、わたしも入れてもらったの)

それはアイラにとって、もっとも大切な想い出のひとつである。そのときの印象が鮮烈《せんれつ》だったからこそ、アイラはリウイのことを好きになったのだ。まさに呪いにかけられたようなものだ。

(永遠に思い出せなくなりますが、よろしいのですか?)

(かまわないわ。わたしにはあの人との想い出は、他にもたくさんあるから……)

リウイとはそれから十年以上もつきあっている。大切な想い出は尽《つ》きることはないし、少年のリウイはもういない。アイラが愛しているのは、今のリウイなのだ。なにより、想い出にすがるというのは、自分らしくない。

(その想い出が消えたぐらいで、あの人への気持ちが変わるなら、わたしの愛なんてまさ

に呪いのようなもの。消えてしまっても惜《お》しくないわ）

アイラは自らを誇《ほこ》るように、胸を大きく張った。

（かしこまりました……）

シャザーラは姿を現したときと同様、大きく片手を振りながらお辞儀《じぎ》をした。

そしてアイラが求める知識を伝える。

（……ありがとう、シャザーラ。そして、さようなら。子供時代のリウイも、ずっと愛してあげてね）

アイラは静かに目を開ける。

そして呪いの指輪をそっとポーチのなかに収め、厳重《げんじゅう》に蓋《ふた》を閉じた。

「どうだった？」

心配そうなリウイの声が、聞こえてくる。

アイラの心臓がふたたび大きく鼓動《こどう》する。

ゆっくりと振り返ると、いつもどおりの彼の姿があった。

「うん……」

アイラは自分に対し、うなずく。

そしてリウイに微笑《ほほえ》みかけると、その広い胸に抱《だ》きついていった。

「あーっ、なにするのよ！」

ミレルが甲高《かんだか》く叫んだ。

「お黙《だま》りなさい。これは、労働に対する正当な報酬《ほうしゅう》なのよ」

アイラはぴしゃりと言う。

「ずいぶん安い報酬だな……」

リウイは苦笑しながらも、アイラを優《やさ》しく抱《だ》きしめた。

「あなたも黙ってて」

アイラは強い口調《くちょう》で言うと、リウイを抱く腕《うで》に力を込《こ》める。

「うん……」

そしてもう一度、うなずいた。

「どうしたんだ？」

怪訝《けげん》そうにリウイが訊《たず》ねる。

「なんでもないわ。ただ、あなたのことを愛してるって、確認してるのよ……」

「アイラ、なんか変だよ。きっと、シャザーラと入れ替《か》わってるんだよ」

ミレルがじたばたしている気配がする。

アイラはしばし勝ち誇った気分を味わった。

「さて、と……」

リウイから離《はな》れ、ずれかけた眼鏡《めがね》をかけなおし、乱れた衣服も整《ととの》える。

それから、シャザーラから得た知識について語った。

「……未来に関することは不確定だし、精神の働きにも揺《ゆ》らぎがある。だから、完全に正確というわけじゃない。でも、シャザーラによれば、アトンは巨人像《きょじんぞう》との戦いで失われた精霊力《せいれいりょく》を取りもどすため、無《む》の砂漠《さばく》の上空を流れるほんのかすかな風の精霊力の流れにのせて、複合精霊を放つことにしたようよ。精霊王を吸収したら、当然、アトンの力は強くなる。無の砂漠を渡《わた》る速度も速くなるでしょう。だけど異なる手段を用いて渡ろうとする意図は、どうやらないみたい。だから、アトンの動きを監視《かんし》するだけで、十分だと思うわ」

「そうか……」

アイラの話を聞いて、リウイは大きくうなずく。

「巨人像は、いい仕事をしたってことだな」

「マウラちゃんが聞いたら喜ぶでしょうね」

アイラは微笑《ほほえ》んだ。

「最悪の事態じゃないなら、親父《おやじ》が無茶をしないよう、ラヴェルナ師《し》に報告しておかないとな……」

しかし、今すぐには、半水晶《はんすいしょう》の魔力は使えない。半水晶の魔力が充填《じゅうてん》されるのを待ってからということになる。

「そして、オレたちはこの島のことに集中していいってことだ。複合精霊がもうひとつの精霊王を手に入れたら、どんな異常現象《いじょうげんしょう》が起こるかしれないいんだからな」

氷の精霊王フェンリルがそうしたように、炎《ほのお》の精霊王イフリートが炎の精霊力を高めて混沌《こんとん》を浄化《じょうか》しようとしたら、〝神の心臓〟が大爆発《だいばくはつ》を起こすかもしれない。溢《あふ》れだした溶《よう》岩《がん》がドワーフ族の地下遺跡《いせき》を呑《の》みこみ、港町アクラにまで達する可能性もある。

(そんなこと、絶対にさせないぜ)

リウイは握《にぎ》りしめた右の拳《こぶし》に力を込めた。

5

リウイたちが、アクラの町に着いたのは夜も更《ふ》けてからだった。

島の代表であるエルセンを訪《たず》ね、北部の山地で起こったことを伝える。無論、アトンに関することはすべて伏《ふ》せておいた。

世の中には知らないほうがいいこともあるのだ。

「複合精霊か……。そんな邪悪《じゃあく》な精霊がこの島に……」

エルセンはため息まじりにつぶやいた。膝《ひざ》に置いた手は、忙《せわ》しなく動いている。

「しかも、氷の精霊王が同化され、消えてしまったとはな」

この島の住人にとって、氷の精霊は支配者も同然だった。長く厳しい冬のあいだ、絶対的な服従を強《し》いられる。

その氷の上位精霊であるフェンリルがいなくなったというのは、にわかには信じられなかった。だが、オーファンの王子が言ったとおり、北の山地から氷河が消え去ったというなら、それは本当だろう。そして彼が嘘《うそ》を言ってるとは思わなかった。確《たし》かめれば、すぐ分かるような嘘をつく意味がない。

「複合精霊は古代王国時代に創造された。どこかの遺跡に封印されていたのが、解放されたんだろうな。大陸のほうでも、各地で精霊王が消え、異常現象が起きているらしい」

「どうせ、ろくでもない冒険者《ぼうけんしゃ》の仕業《しわざ》だろう」

エルセンは顔をしかめる。

「否定はできないな」

リウイは苦笑まじりにうなずいた。

冒険には、失敗の危険《きけん》がつねに伴《ともな》う。時として、取り返しのつかないことが、起こることもある。魔精霊《ませいれい》アトンを解放してしまったのも、〝見つけし者《ファウンダーズ》〟と呼ばれたオランの高名な冒険者たちだ。

「氷の精霊王がいなくなったら、この島はどうなる？」

「氷の門が一時的に閉《と》ざされるだけだと思う。しばらくは暖かくなるかもしれないが、この島が寒冷なのは、おそらく自然《しぜん》の摂理《せつり》だ。そのうち氷の門が開き、新たな魔狼が姿を現すはずだ。もっとも、消えた氷河や溶《と》けた凍土《とうど》がもとにもどるのに、どれだけかかるかは分からないけどな」

リウイはエルセンに答えた。

しかし、かつてなかった事態であり、確証《かくしょう》はない。

「いかに竜《りゅう》とて、氷河を消滅《しょうめつ》させるようなことはできまい。おまえたちを疑ったことは、謝《あやま》らせてもらう……」

エルセンはそう言うと、リウイに向かって頭を下げた。

「いや、誤解《ごかい》されるのはしかたない。オレたちが来たとたん、こんな異常現象が起こったんだからな」

「しかも、複合精霊はもう一体いるのだろう？」

エルセンはうんざりした表情になる。

「神の心臓にいる炎の精霊王を消し去るつもりだと思う。どんな異常現象が起こるかもしれないから、くれぐれも用心してほしい」

「住人には、オレのほうから説明しておこう。今夜はゆっくりしてくれ。例の家は、そのままにしてある。食事の用意もすぐにしよう」


エルセンの勧《すす》めに従い、リウイたちはその日は、港町アクラで一泊《いっぱく》することにした。

そして翌朝早く、神の心臓を目指し、出発する。

まずはドワーフ族の地下遺跡に立ち寄るつもりだった。

もしも、炎の精霊王が複合精霊と融合《ゆうごう》したとしたら、北の山地で起きたようなことが、神の心臓でも起こるかもしれない。アクラの町へ退避《たいひ》してほしいのだが、彼らが聞き入れてくれるかどうかは分からない。

そして火山へと向かう途中《とちゅう》、竜《りゅう》が空を飛んでいるのが見えた。

「ティカだな……」

リウイはすかさず飛空のマントの魔力《まりょく》を発動させ、彼女を追いかける。

彼女のほうも、リウイに気がついたらしかった。意外なことに、方向を転じて、リウイのほうに向かってくる。

ふたりは上空で接触《せっしょく》した。

「リウイ……」

空中で竜の翼《つばさ》を生やした人間の姿に変わり、ティカは声をかけてくる。その声と表情には、いつになく切迫感《せっぱくかん》があった。

「どうかしたのか？」

リウイは不安を覚えた。

「あなたを、探《さが》していた。クリシュが、大変なことに、なった……」

「クリシュが、どうしたんだ？」

「あの光の球を、食べた。そしたら、苦しみだして……」

「光の球って、複合精霊をか！」

リウイは驚《おどろ》きのあまりバランスを崩《くず》し、高度を失う。

ティカのほうが追いかけて、降りてきてくれた。

「クリシュに呼びかけてみる……」

リウイは精神を集中させ、クリシュの意識を捕《つか》まえようとする。心のなかで、その名を強く呼ぶと、幼竜の意識が浮《う》きあがってくるのだ。

その意識に触《ふ》れた瞬間《しゅんかん》、

（我、大いなる力を、得たり……）

そんな声が、リウイの心のなかに轟《とどろ》いた。

「おまえは……」

リウイは呆然《ぼうぜん》となる。

それはクリシュの意識ではなかった。

アトンの眷属《けんぞく》とも分身ともいうべき複合精霊《ふくごうせいれい》である。

「そんな馬鹿《ばか》な！　クリシュは、オレが支配しているはずだ！」

異なる魔力による支配を同時に受けることはない。それは魔術師《まじゅつし》にとって常識だった。

互《たが》いが対抗《たいこう》的に働くからである。

「ここへ飛んでこい！」

リウイは試しに命令を与《あた》えてみた。

（承知……）

不満さえ見せず、従う意志が返ってくる。

「支配は続いているのか……」

リウイはつぶやく。

複合精霊がクリシュと同化しようとしているなら、支配の関係はそのまま続いていても、おかしくないかもしれない。

そしてラーヒ火山の火口から、点のようなものが浮かびあがるのが見えた。

「下に降りよう」

リウイはティカに呼びかけ、急降下する。

「はい……」

ティカはうなずくと、リウイの後に続いた。

リウイは仲間たちのもとにもどると、クリシュに何が起きたかを伝えた。

彼女らは顔色を変える。

「複合精霊が狙《ねら》っていたのは、炎《ほのお》の精霊王じゃなかったのね……」

アイラの顔から血の気が失せていた。

「竜族は始源《しげん》の炎を、その身に宿《やど》しているというからな」

だからこそ、竜の心臓は最高の溶鉱炉《ようこうろ》になり得たのだろう。

そしてクリシュは火竜である。他の竜族とは異なり、炎の精霊力のみを宿している。

「まさか、こんなことになるとは……」

「でも、相手はリウイの支配下にあるんでしょ？　うまく命令して、複合精霊だけを自殺させたりできないかな？」

ミレルが提案する。

「もう融合《ゆうごう》してしまっているからな……」

そしてクリシュから離《はな》れた瞬間《しゅんかん》、複合精霊はリウイの支配を受けなくなる。

「クリシュは、もうすぐ、成竜になる」

人間の姿にもどったティカが言った。

「そうか、脱皮《だっぴ》して成竜になるとき、竜はすべての束縛《そくばく》から解放される」

「もうすぐ……」

ティカがリウイにうなずきかけた。

「兆候《ちょうこう》は、もう出ていたし、あの光の球は、強い炎の精霊力を、クリシュに与《あた》えたから」

「なるほどな……」

リウイはうなずいた。

「決戦の場を選んでいる余裕《よゆう》はなさそうだな。ここで、決着をつけよう。クリシュが成竜になったら、オレはあいつに爪《つめ》を打ち込む。アイラたちは、複合精霊と全力で戦ってくれ」

「リウイ……」

ティカはリウイを見つめながら、首を横に振《ふ》った。

「クリシュは、わたしが、支配する」

「ティカ？」

リウイは驚いて、彼女を見つめかえす。

彼女は穏《おだ》やかに微笑《ほほえ》んでいた。それは会ったばかりの頃《ころ》には、見せてくれていた表情である。

「わたしは、竜ではなく、竜司祭だということを、リウイが教えてくれた。竜と人とを繋《つな》ぐ存在であるべきだと。だから、クリシュは、わたしが支配する。そしてこの島で、クリシュとともに、暮《く》らす。いつか、クリシュが、老竜になるときまで……」

リウイは自分の言葉が、ティカに届いたことは嬉《うれ》しいと思った。

「しかし、ティカは、それでいいのか？　次にクリシュが老竜になったとき、その怒《いか》りが向けられるかもしれない」

「老竜になれば、クリシュはもっと、賢《かしこ》くなる。生前の記憶《きおく》も、取りもどす。先代がどういう人かは知らないけど、部族のことを、もっとも大切に思っていたはず。だから、復《ふく》讐《しゅう》を誓《ちか》い、竜の力を使った」

「だろうな。自らの部族を滅《ほろ》ぼされたと思ったクリシュの怒りは凄《すさ》まじいものだった。モラーナ王国の王族をすべて殺し、他国に嫁《とつ》いだ王女さえ殺そうとしたんだから」

「わたしが、ブルム族の者だと知れば、先代はきっと許してくれるはず。わたしは、そしてリウイも、クリシュを守るため、支配したのだから……」

リウイはティカの言葉を心のなかで繰《く》り返してみる。

彼女の決意の強さは伝わってきた。彼女はこの島に来たときから、その覚悟《かくご》でいたのだろう。ただし、人間であることを捨て、竜になるつもりだったのかもしれない。

しかし、今の彼女は竜司祭としての使命を思いだしている。

クリシュのことは彼女に任せるべきだろう。

「分かった……」

リウイも決意し、笑顔でうなずいた。

「クリシュとは、オレたちふたりで戦おう。爪《つめ》は、ティカが打ち込んでくれ。自前ので、いいんだよな?」

「はい」

ティカは返事をすると、ふたたび竜に姿を変えた。

6

神の心臓の火口から飛びあがった黒い点は、徐々《じょじょ》に大きくなっていた。

今や、それは翼《つばさ》をもった赤い生き物だと分かる。山の斜面《しゃめん》を滑空《かっくう》し、リウイたちのもとへ向かっていた。やがて、クリシュはリウイたちの目の前、黒っぽい岩で覆《おお》われた大地へ、悠然《ゆうぜん》と舞《ま》い降《お》りた。

クリシュは長い首をぐるりと巡《めぐ》らし、真《ま》っ赤《か》な舌をちろりと伸《の》ばす。大きく鼻を膨《ふく》らませたかと思うと、黄色の煙を吐く。辺りに硫黄《いおう》の臭《にお》いが濃《こ》く漂《ただよ》った。

じっくり観察すると、クリシュの赤い鱗《うろこ》は、ところどころ白い斑《まだら》になっていた。複合精霊が融合し、氷の精霊力が発現しはじめているようだ。

そして全身の鱗が濁《にご》っている印象を受ける。

「あれが脱皮《だっぴ》の兆候《ちょうこう》なんだな……」

リウイはつぶやいた。

クリシュと意識を繋《つな》げると、怒りと憎《にく》しみ、そして残忍《ざんにん》な喜びの感情が返ってきた。クリシュも、自分がまもなく成竜《レッサードラゴン》になることを自覚しているのだ。そのとき、支配から脱することができることも……

リウイたちは、手頃《てごろ》な岩に腰《こし》を下ろし、クリシュが脱皮をするのを待つことにした。

もうすぐ始まるのは間違《まちが》いないのだろうが、それがいつかは分からない。

「気を失いそう……」

アイラが額《ひたい》に手を当てながら、大きく息をつく。

「緊張《きんちょう》してたってしかたないよ。そのときが来るまで、のんびりしとかないと」

ミレルは好物の乾燥肉《ジャーキー》を取りだして、しがんでいる。

「餌《えさ》を与えたほうがいいのでしょうか？」

メリッサが優雅《ゆうが》にお茶を飲みながら言った。

「家畜《かちく》を運んでいる船は、とうとう間に合わなかったな」

ジーニは硬《かた》いパンとチーズを交互《こうご》に齧《かじ》っている。

「この島に到着《とうちゃく》してから、あわただしく物事が運んだものな。家畜は島の住人に食べてもらえばいいさ」

リウイは苦笑まじりに言った。迷惑《めいわく》をかけた賠償《ばいしょう》にはなるだろう。

「乾燥肉、食べるかな？」

ミレルはいちばん大きな塊《かたまり》を取り出すと、クリシュに向かって放り投げた。

クリシュはとぐろを巻いて休んでいたが、首だけを反射的に伸《の》ばし、空中でぱくりと飲みこんだ。

「あっ、食べた！」

ミレルが短く歓声《かんせい》をあげる。

「生肉じゃなくても食べるんだね」

「何をやってるのよ……」

アイラが疲《つか》れたような声で、黒髪《くろかみ》の娘《むすめ》を見つめた。

しかし、その瞬間《しゅんかん》、クリシュが大きく身体《からだ》を動かした。

低く唸《うな》りながら、頭から尻尾《しっぽ》までをまっすぐに伸ばす。そして身体《からだ》を強《こわ》ばらせ、小刻《こきざ》みに震《ふる》えだした。

「始まったのか？」

リウイは岩から腰をあげると、指の関節をばきばきと鳴らす。

「乾燥肉が効いたのかな？」

ミレルも跳《は》ねるように立ち上がると、懐《ふところ》から格闘《かくとう》用の短剣《たんけん》を取りだす。今回は、彼女も戦うつもりのようだ。

「勇敢《ゆうかん》なる戦神マイリーよ……」

メリッサが神に祈《いの》りを唱《とな》えると、淡《あわ》く光る長弓が右手に現れた。

ジーニは目を鋭《するど》く細め、背中から大剣《たいけん》をはずす。

アイラはジーニとミレルの刃《やいば》に魔力付与《まりょくふよ》の呪文《じゅもん》を唱えた。

そのとき、クリシュの背中がぱっくりと裂《さ》け、一列に並《なら》ぶ鋭《するど》いトゲと真っ赤な鱗が飛び出す。同時に、光の球がふわふわと浮《う》かびあがった。

その光は目まぐるしく赤と白に明滅《めいめつ》しながら、エルフの女性のような姿を取る。その身体の表面は赤い炎《ほのお》で揺《ゆ》れたり、白く結晶化《けっしょうか》していた。

「行くぞ!」

ジーニが声をかけ、複合精霊に向かって突撃《とつげき》する。メリッサとミレルがそれに続いた。

アイラはひとり後方に残り、三人に援護魔法《えんごまほう》をかけてゆく。三人は複合精霊を取り囲むと、息の合った連携《れんけい》で攻撃《こうげき》を加えはじめた。

「さて……」

リウイは長剣を抜《ぬ》くと、下位古代語を唱え、飛空のマントの魔力を発動させる。地面から両足が離れ、立ったままの姿勢で、クリシュの鼻先まで移動した。

クリシュはまだ脱皮を続けている。この火竜との意識の繋がりは、すでに切れていた。ほどなく、クリシュは幼竜であったときの殻《から》を、すべて脱《ぬ》ぎ捨《す》てた。

赤い鱗は体液でぬらぬらと濡《ぬ》れている。ひと目、見ただけでも、ひとまわり大きくなっているように感じられた。

「さあ、来い!」

リウイは両腕《りょううで》を真横に広げ、大声をあげた。

それに応じるように、クリシュは首を振りながら、けたたましく咆哮《ほうこう》する。気圧《けお》されそうになるのを必死で堪《た》えながら、リウイは剣を真横に振るう。だが、間合いにはほど遠く、剣は空を切った。

しかし、その寸前で、リウイは真横へ移動した。

クリシュの首が、驚《おどろ》くほどの速さで伸び、リウイを噛《か》み砕《くだ》こうとする。

そのまま、全速で空を飛び、その場から離《はな》れる。まず、クリシュと複合精霊を切り離さなければならない。

クリシュをアトンに渡《わた》すわけにはゆかないのだ。

成竜となったこの転生竜は、リウイに支配されていたことに憎悪《ぞうお》を覚えている。思惑《おもわく》どおり、他には見向きもせず、追いかけてきた。

飛空のマントの速度は、幸いにして竜に勝っている。だが、あまり引き離してしまっては、クリシュが目標を変えるかもしれなかった。なので、リウイは追いつくか追いつかないかのぎりぎりの速度で飛び、ときには振り返って、斬《き》りかかる素振《そぶ》りを見せる。

リウイの挑発《ちょうはつ》に、クリシュは怒《いか》り狂《くる》っていた。

成竜とはいうものの竜としてはまだ若く、知性の発達も完全ではない。クリシュは転生竜だが、生前の人格を取りもどすのは老竜となってからだという。魔獣《まじゅう》というよりは、まだ猛獣《もうじゅう》のようなものだ。

しかし、人間がまともに戦って勝てる相手ではない。

その攻撃を一度でもかわしそこねたら致命的《ちめいてき》なのだ。牙《きば》で噛《か》み砕《くだ》かれるか、爪《つめ》でひき裂かれるか、炎《ほのお》で消し炭とされるだろう。

リウイは背筋《せすじ》がぞくぞくするのを感じていた。

こういう生きるか死ぬかの状況《じょうきょう》こそ、彼が求めているものだった。我《われ》ながら異常だと思っているのだが、平穏《へいおん》に生きているだけでは、自分の限界は分からない。自分がいったいどれだけできるのか、それを確かめたいのだ。

その意味で、クリシュはまたとない相手である。

リウイは我知らず、笑《え》みを浮《う》かべていた。

クリシュがふたたび怒りの咆哮をあげ、空気が激《はげ》しく震《ふる》える。

そして大きく口を開き、喉《のど》を膨《ふく》らませた。

炎を吐《は》く兆候《ちょうこう》だと感じ、リウイは全速で離《はな》れる。

灼熱《しゃくねつ》の炎が、爆風《ばくふう》のように迫《せま》ってきた。ぎりぎりのところだったが、直撃《ちょくげき》は避《さ》けられたらしい。しかし猛烈《もうれつ》な熱気で、皮膚《ひふ》は剝《は》ぎ取られたように痛み、衣服からは焦《こ》げた臭《にお》いが立ち上る。

リウイは地面に向かって転がるように落ちていった。しかし、地面に激突《げきとつ》する寸前でなんとか、体勢を立て直す。

(こいつは、爪《つめ》なんて打ち込むどころじゃないな……)

心のなかで苦笑《くしょう》を漏《も》らした。仲間の助けがあっても、難《むずか》しいという気がする。

上空から爪をむきながら、クリシュが舞《ま》い降りてくる。猛禽《もうきん》のようにひと掴《つか》みしようというのだろう。

リウイはぎりぎりまでひきつけたあと、足下の岩を思いきり蹴《け》って、間一髪《かんいっぱつ》で逃《のが》れた。閉じられた爪が擦《こす》れ、金属《きんぞく》が軋《きし》むような音が響《ひび》く。

リウイはそのまま低空を飛び、すこし離れた場所にある巨大《きょだい》な岩を目指した。高さはリウイの身長の数倍あり、釣鐘《つりがね》のような形をしている。火口から飛んできたというのが、信じられないほどの大きさだった。

リウイはその巨岩《きょがん》に向かって一直線に飛ぶと、その頂上に着地して、クリシュを振《ふ》り返った。

赤い鱗《うろこ》の竜は、大きく裂《さ》けた口をいっぱいに開き、全速力で迫《せま》ってきている。

「後は、任せたぜ」

リウイは不敵《ふてき》な笑みを浮かべると、背中から倒《たお》れるように、その巨岩の背後へと落ちていった。

ここへクリシュを誘導《ゆうどう》することが、初めからの狙《ねら》いだったのである。

速度がついていたクリシュは、巨岩の上を通りすぎた。急制動をかけて、方向を転じようとする。

そこへ——

巨岩の背後に潜《ひそ》んでいたティカの変身竜が、猛然《もうぜん》と飛びたち、クリシュに襲《おそ》いかかった。

不意をつかれたクリシュは、長い首をティカの顎《あぎと》で捕《と》らえられた。そして腹部には鋭《するど》い爪が立つ。

巨大な二頭の竜は、もつれあうように地面に落ちた。

しかし、ティカの優勢は、明らかである。クリシュはまだ成竜に成り立てであり、鱗も完全に固まりきっていない。しかも、リウイに引き回され、炎も吐《は》くなどして、疲労《ひろう》していた。

一方のティカは、この瞬間《しゅんかん》のために力を蓄《たくわ》え、心も研《と》ぎ澄《す》ませていたのである。

ティカは暴《あば》れ狂《くる》うクリシュを顎と二本の後ろ足で地面に押さえつけながら、右の前足を高く持ちあげた。前向きに三本ある爪のうち、真ん中がひときわ長く、そして鋭かった。

その爪を、クリシュの首のつけ根のあたりに深く埋《う》めこむ。

「やったぜ！」

リウイは快哉《かいさい》をあげる。

しばらくして、ブルム族の先代族長の転生竜は大人しくなっていた。

「死んだりしてないだろうな？」

リウイは心配になって、二頭の竜《りゅう》のもとに駆《か》け寄《よ》る。

クリシュはあちらこちらから出血していたが、胸は大きく上下していた。

「よくやったな」

リウイはティカに向かって、親指を立てる。

ティカは空に向かって首を大きく伸《の》ばすと、それに応えるように、ひと声、高く吠《ほ》えた。

リウイは力強くうなずくと、飛空のマントを操《あやつ》り、仲間たちのもとへもどる。

複合精霊《ふくごうせいれい》が強敵《きょうてき》なのは、氷河で戦ったときに思い知っている。リウイは全速力で空を飛んだ。

空の上から見えたのは、仲間たちがぐったりと、ひとかたまりになっている姿だった。

リウイは心臓が止まりそうなほど驚き、息を止めたまま、最後の距離《きょり》を飛ぶ。

そして地面に降り立つ。

「おかえり〜」

メリッサにもたれながら、ミレルが顔を向けて力なく微笑《ほほえ》んだ。癖《くせ》の強い黒髪《くろかみ》が、ちりちりに縮れている。

リウイは安堵《あんど》のあまり、その場でへたりこんだ。

「そちらも、うまくいったようですね」

メリッサは立ち上がろうとしたが、その足がもつれ、ミレルの頭に手をついて、なんとか身体《からだ》を支えた。

「ぎゅーっ」

ミレルが苦しそうに呻《うめ》く。

「オレのほうはぎりぎりだったけどな。ティカが立派《りっぱ》にやってくれた」

リウイは苦笑を漏《も》らしながら、立ち上がる。

「ぎりぎりなのはこちらもよ……」

アイラは地面に仰向《あおむ》けに倒《たお》れたまま言うと、苦しそうに咳《せ》きこんだ。

「あとひとつでも魔法《まほう》を唱《とな》えたら、確実に気を失うわ」

「いくら斬《き》りつけても、あまりに手応《てごた》えがないので、剣《けん》を振《ふ》るうのに無駄《むだ》な力を入れてしまった。手が震《ふる》えて、剣が持ちあがらないほどだ」

ジーニが自嘲《じちょう》の笑みを漏らす。

ている。

赤い鱗《うろこ》の竜が一頭、空を舞《ま》っていた。そして、その首のつけ根には、ティカがまたがっ
そして上空からの風を感じ、空を見上げる。
リウイは仲間たちのあいだに入ると、ひとりずつ順に抱《だ》き合った。
「とにかく、みんな、無事でなによりだ」

彼女は笑顔を浮《う》かべ、リウイたちに手を振っていた。

リウイたちも大きく手を振り返す。

しばし挨拶《あいさつ》をかわすと、クリシュは空高く舞いあがった。

そして噴煙《ふんえん》たなびく神の心臓へ向かって飛び去っていったのである。


氷と炎の島を舞台《ぶたい》にした魔法戦士の物語はここで終わる。

成竜となった火竜は神の心臓の主として、長くこの島に留《とど》まることになる。しかし竜司祭の娘《むすめ》によって手懐《てなず》けられていたゆえ、人に危害を為《な》すことは決してなかった。むしろ、島の人々の役に立つために使役されたのである。

古代王国の溶鉱炉《ようこうろ》を失ったドワーフ族であったが、その後もこの島で暮《く》らし続けた。なぜなら、火竜がその炎により、真銀《ミスリル》の鉱石を精錬《せいれん》したからだ。

竜司祭の娘は、竜と人とを繋《つな》ぎ、いつしか聖女《せいじょ》のごとく崇《あが》められることになる。

そして海を渡り、オーファンへともどった魔法戦士には、彼にとって最大にして最後の冒険《ぼうけん》が待ち受けていたのである。

エピローグ

プリシスの街の宮殿《きゅうでん》で、〝指し手〟と呼ばれている男は、腹心のひとりからアレクラスト大陸各地で起こる異常現象についての報告を聞いていた。

男の名はルキアル。半年ほど前、隣国《りんごく》ロドーリルの占領下《せんりょうか》から解放されたプリシスに、街の代表としてもどってきたのだ。彼は自らを、統領《とうりょう》と呼ばせている。

引き揚《あ》げたとはいえ、ロドーリルの軍勢が、いつまた攻《せ》めてくるかもしれない。その恐《きょう》怖《ふ》から、ルキアルの軍師《ぐんし》としての才が求められたのだ。

ちょうど招聘《しょうへい》先のロマール王国では、対《たい》オーファン、ザインへの謀略《ぼうりゃく》が成功せず、宮廷《きゅうてい》での信頼《しんらい》を失っていたこともあり、ルキアルは故国《ここく》からの召還《しょうかん》に応じることにしたのである。

彼は決して常勝ではない。何度、敗《やぶ》れようと最後には決定的な勝利を得ればいいと思っている。失敗さえ、策略《さくりゃく》のうちだ。ようは、どれだけの策を用意できるかである。周到《しゅうとう》に用意されたひとつの策略より、たとえ成功の見込みが薄《うす》くとも、百の策略のほうが最後には勝《まさ》るのだ。だが、ロマールの宮廷は、破格の待遇《たいぐう》で迎《むか》えた軍師に常勝であることを求め、ひとつふたつの失敗で無能の烙印《らくいん》を押したのである。

それは無論、負けだった。しかし、ルキアルが失ったものは、実は何もなかった。ルキアルはもともと賢者《けんじゃ》であり、軍学は余技でしかない。長年の戦《いくさ》と占領下で荒廃《こうはい》した故郷《こきょう》に、かつての繁栄《はんえい》をとりもどすことこそ、自らの使命だと思った。また、自分にその才能があることも疑っていなかった。

しかし、この街に帰ってきて知ったのは、この街を解放した最大の功労者が、オーファンの妾腹《バスタード》の王子であったということだ。

(わたしが何年かけても成し得なかったことを、あの若者はわずかな期間で、成功させたというのか?)

そしてその王子は、オーファンとザインの両国で、ルキアルの謀略《ぼうりゃく》を潰《つい》えさせた人物でもある。

それからというもの、ルキアルは新しい遊戯《ゆうぎ》の盤《ばん》と向かいあっている。

「……このアレクラスト大陸に、いったい何事が起こっているのでしょう?」

報告を終えた腹心は、不安そうな表情を浮かべている。

「何が起こっているかは、さほど重要ではない」

ルキアルは静かに答えた。

「重要なのは、この事態をどう利《り》するかだ」

「利する、と仰《おっしゃ》いますと？」

「民衆《みんしゅう》は、どのように噂《うわさ》している？」

ルキアルは訊《たず》ねた。

「いつものとおりです。神々の怒《いか》りであるとか、魔神《まじん》の呪《のろ》いであるとか、魔術師《まじゅつし》の仕業《しわざ》であるとか、世界の終わりが近づいていると噂している者もおります。もっとも、そんな噂は百日もたたずして消えてしまうでしょうが……」

腹心は苦笑まじりに答えた。

災害など、いつもどこかで起こっている。それがたまたま重なっただけだと、彼は考えている。

むしろ、重要なのは、無《む》の砂漠《さばく》で古代王国を滅亡《めつぼう》させた魔物が復活したという情報である。オラン、オーファン、ラムリアースらはひそかにその魔物を退治《たいじ》するための聖剣《せいけん》を探《さが》している。プリシスとしても、それに協力するべきだと、彼は考えていた。

彼が抱《かか》えている密偵《みってい》たちには〝魔法王の剣《ファーラム》〟と称《しょう》されるその聖剣の情報も集めさせている。もっとも、有力な情報は、まだ入ってはいないが……

「そう噂など、すぐに消える。まして、世界が滅《ほろ》ぶなどという途方《とほう》もない噂などはな」

ルキアルはゆっくりとうなずいた。

「しかし、その噂を消さないことも、そう難しくはあるまい？」

「それは、絶えず噂を流しつづければ……」

腹心はルキアルの問いに戸惑《とまど》いながらも答えた。

そのぐらいの情報操作ができなければ、密偵《みってい》など務まらない。

「もうすぐ、彗星《ほうきぼし》が天空に姿を現す。百年ほどの周期で観測されているもっとも巨大《きょだい》な彗星だ」

「それが、なにか？」

密偵集団を束《たば》ねている腹心でも、主《あるじ》の意図ははかりかねた。

「その彗星は昼間でも見えるぐらいに明るいものなのだ。過去、観測されるたび、民衆が大騒《おおさわ》ぎしたと記録されている。それこそ、世界が滅ぶ兆《きざ》しだとな」

「世界が滅亡《めつぼう》するとの噂を広めていれば、その彗星の出現で、噂が本物になるとお考えなのですか？」

「そうは思わないかね？」

ルキアルは楽しげに笑った。

「同感ですが、それで我《わ》が国にいかなる利益があるのか分かりません……」

腹心は正直に答えた。

「わたしはね。国王や貴族、それに魔術師という人間が大嫌《だいきら》いなのだよ。彼奴《きゃっ》らを支配階級からひきずりおろしたくてしかたがないのだ」

「では、誰《だれ》が国を治めるのです？」

「民衆だよ」

ルキアルは即答《そくとう》した。

「お言葉ですが、村ぐらいならともかく、国ともなれば、民衆が直接治めるのは不可能かと……」

「無論、そうだ。民衆とは善良でも勤勉でも有能でもない。だから、わたしのような代表が必要なのではないかね？　それから優秀《ゆうしゅう》な官吏《かんり》が」

「そのとおりだと思います」

「民衆から選ばれた代表が、有能な官吏を使って、国を治める。そういう時代が、いつかは来る」

「閣下は、それを実現させようと？」

「そのためには、この世界は一度、滅んだほうがいいのだ」

ルキアルはうなずいた。

「民衆に、そう信じ込ませるのですね？」

腹心の問いに、ルキアルは答えなかった。

しかし、腹心のほうは、この偉大《いだい》な知恵者《ちえしゃ》の考えをすべて理解したと思った。

「ただちに、取りかかります」

腹心は恭《うやうや》しく一礼すると、主の大胆《だいたん》な発想とその遠大な計画に興奮《こうふん》を覚えながら、執務《しつむ》室《しつ》を後にした。

ひとりになったルキアルは、残忍《ざんにん》な笑みを浮かべる。

「さて、わたしは手を打ったぞ。これをどう受けるかな、オーファンの王子」

椅子《いす》にふかく身を沈《しず》めながら、指し手と呼ばれる男は、そうつぶやいた。

その声は、無論、火山の島にいる魔法戦士に聞こえるはずはなかった——

あとがき

お待たせして、たいへん申し訳ありませんでした。

なんとか『煙火《えんか》の島の魔法戦士《まほうせんし》』、お届けできます。見捨てずに、この本をお買いあげいただいた読者の皆様には、本当に感謝の言葉もありません。

しかも、時間をかけたわりには薄《うす》い本になってしまいました。長編と中編とのあいだぐらいの枚数ですね。でも、無理に書き足して内容が薄くなったり、構成がおかしくなったりしては意味ありませんから、しかたがないと思っています。そういえば『賢者《けんじゃ》の国の魔法戦士』もこのぐらいでしたね。

今回は、幼竜クリシュのお世話係こと、ティカがヒロインです。

クリシュは空を飛べるわ、強いわ、炎《ほのお》を吐《は》くわで、とても便利。逆に言えば、扱いづらいので切り札としてしか使えません。ですので、必然的に登場機会が少なくなる。その巻き添えをくって、ティカも本編ではほとんど活躍できませんでした。

このままではあんまりですし、またクリシュともどもしっかりとした着地点を見つけてあげようと思い、この物語を考えました。

リウイにも作者にも放置されているあいだに、ティカはどんどん人間離れしてゆき、ついにこの巻ではシェイプチェンジの能力を身につけ、めでたく変身竜となりました。

実力は、リウイたちのメンバーのなかでも、最強クラスでしょう。しかし、これで卒業となります。

でも、物語的にはこれが必然だと思っています。もっとも、彼女はもう一度だけ、再登場する機会があります。そして、とても重要な役割を果たしてもらいます。

ティカはちょっと不思議なキャラで、最初はよくつかめていなかったのですが、人間性を失ってからのほうが、キャラクター性が出てきて、書きやすくなってきました。

今回、問題発言をして、ミレルを焦《あせ》らせたりしてますが、ティカはリウイが卵から孵《かえ》ったばかりのクリシュを殺さず、支配するという選択をしたときに、クリシュともども彼に、いい、支配されてしまったのだと思っています。

女としても見てほしかったことでしょうが、リウイはあの年齢にして涸れてしまっているのが、彼女にとって幸運だったのか不幸だったのか……

神の心臓で暮らし、竜の聖女として崇《あが》められることになるティカですが、竜が棲《す》んでいるほうが火山は健全に活動するというのがこの世界の設定にありまして、人間にとっても実はありがたいのです。

火山は安定して活動しているあいだは、大地の力を感じさせてくれるし、近くには温泉も湧くし、観光地にもなります。

しかし、ひとたび大噴火《だいふんか》を起こすと、その惨事《さんじ》は地震をも凌駕《りょうが》します。

古くはポンペイを火山灰で埋めつくしたベスビオ火山の噴火。日本では富士山が何度も大噴火をしていますし、雲仙普賢岳《うんぜんふげんだけ》で発生した火砕流《かさいりゅう》では著名な火山研究者をはじめ、大勢の犠牲者が出ています。阿蘇山《あそさん》も大昔、カルデラとなるまえには、特大の噴火を起こしたとされています。

そういう特大の火山活動のことを、スーパーボルケーノといって、これからも間違いなく起こるだろうと言われています。その被害の大きさははかりしれないものがあり、人類が滅亡に瀕《ひん》すると警鐘《けいしょう》を鳴らす専門家さえいます。

近年では、アイスランドの火山活動が活発となり、その火山灰の影響で、ヨーロッパの空の交通網が麻痺《まひ》するという事態になりました。

実は、本作に登場する火山島マウナスのモデルはこのアイスランドなのです。

構想を練っていた頃には、経済も好調だったし、本当に自然の美しい島だと思っていたのが、この本が出るまでに金融破綻《きんゆうはたん》は起こすし、火山は噴火するしで、大変なことになってしまいました。いかに執筆に時間がかかってしまったか、このことからもわかります。書き下ろしでやろうと思ったのが間違いのもとでした。雑誌というのが、いかに締め切りを守らせるために効果的かということを、あらためて思い知りました。関係者の方々には、この場を借りましてお詫びと感謝の言葉を贈らせていただきます。

次巻はいよいよ最終章『魔法の国の魔法戦士』です。上下分冊で今年中には出したいと思っています。加筆修正は膨大《ぼうだい》ですが、今度は出版が遅れることのないようがんばります。

あと、すこし宣伝です。

他社の作品で申し訳ありませんが、角川スニーカー文庫のほうで、『ブレイドライン』という ちょっと変わった和風ファンタジーをはじめています。すでに4巻まで発売されていますし、この本にも宣伝を載せてもらっています。興味のある方は、ぜひ読んでください。

感想・ファンレターの宛先

〒一〇二―八一四四
東京都千代田区富士見一―十二―十四
富士見書房　ファンタジア文庫編集部　気付

水野良（様）
横田守（様）

富士見ファンタジア文庫

魔法戦士リウイ　ファーラムの剣

煙火《えんか》の島《しま》の魔法戦士《まほうせんし》

平成23年1月25日　初版発行

著者——水野《みずの》　良《りよう》

発行者——山下直久

発行所——富士見書房
〒102-8144
東京都千代田区富士見1-12-14
http://www.fujimishobo.co.jp
電話　営業　03(3238)8702
　　　編集　03(3238)8585

印刷所——暁印刷
製本所——BBC

ISBN978-4-8291-3537-2 C0193

ファンタジア文庫
鏡 貴也
TAKAYA KAGAMI
イラスト：とよた瑣織
Illustration : SAORI TOYOTA
主人公はコレ
彼は悪友のローランド国王シオンの命令で、凄腕の美少女剣士フェリスとすごい力を秘めた〝伝説の勇者の遺物〟を探す旅に出るのだが……!?

最強！王道戦記ファンタジー!!
貴族主義が進み
腐敗した王国の辺境で起こる反乱。
反乱軍には風の戦乙女を率いる知神ジェレイド。
●既刊
火の国、風の国物語
戦竜在野
火の国、風の国物語2
風焔相撃
火の国、風の国物語3
星火燎原
火の国、風の国物語4
暗中飛躍
ファンタジア文庫

王国軍には火の衣をまとう剣神アレス。
二人の英雄が激突するとき、
壮大な歴史が動きだす!!
火の国、風の国物語5
王女勇躍
火の国、風の国物語6
哀鴻遍野
火の国、風の国物語7
緑姫憂愁
火の国、風の国物語8
孤影落日
火の国、風の国物語9
黒王降臨
火の国、風の国物語10
英雄再起
火の国、風の国物語11
王都動乱
（シリーズ以下続刊）
火の国、風の国物語
師走トオル
TORU SIWASU
イラスト：光崎瑠衣
illustration: RUI KOSAKI

氷結鏡界のエデン
細音 啓
KEI SAZANE
イラスト
カスカベアキラ
AKIRA CASUKABE

――約束した。
必ず、君の隣に行く、と。

幽玄種と呼ばれる存在に、人が侵される世界。
巫女の祈りで守られた浮遊大陸オービエ・クレアでのみ、
人は生きることができた。
大陸から穢歌の庭《エデン》に堕ち、異端となった少年シェルティスと、
祈りで結界をささえる巫女・ユミィ。
シェルティスは、幼なじみのユミィに
かつて約束していた――必ず、君の隣に行く、と。

世界の理を体現する少女と、
世界の理に拒絶された少年。
二人の絆が奏でる、重層世界ファンタジー。

ファンタジア文庫

執事《バトラー》たるもの、戦闘だってこなします。

……不本意ですが

手島史詞
FUMINORI TESHIMA
イラスト COMTA

F ファンタジア文庫

影執事マルクの手違い

Mistakes of a Shadow Butler

A good butler must be efficient at many things, including fightin
An assassin upon a failed mission, signed a new contract
to serve *a girl* who once was the *to-be-killed*...

ヴァレンシュタイン家の万能執事マルクは
<精霊>を使役し、影を操る能力を持つ<契約者>。
暗殺の標的だったエルミナに返り討ちにされて以来、
なにやら秘密を抱えた彼女を守って闘うことに。
手違いと波乱に満ちたマルクの人生に、平穏は訪れるのか？

苦労性の**執事**と
無口な**最強お嬢様**が織りなす

コミカル・バトラー・ファンタジー!!

既刊

（シリーズ以下

ファンタジア大賞 作品募集中
きみにしか書けない「物語」で、
今までにないドキドキを「読者」へ。
新しい地平の向こうへ挑戦していく、
勇気ある才能をファンタジアは待っています！
[大賞] 300万円
[金賞] 50万円
[銀賞] 30万円
[読者賞] 20万円
[選考委員]
賀東招二・鏡貴也・四季童子
ファンタジア文庫編集長（敬称略）
ファンタジア文庫編集部
ドラゴンマガジン編集部
★専用の表紙＆プロフィールシートを富士見書房ＨＰ
http://www.fujimishobo.co.jp/から
ダウンロードしてご応募ください。
評価表バック、
始めました!
締め切りは毎年8月31日（当日消印有効）
詳しくはドラゴンマガジン＆富士見書房HPをチェック!
「これはゾンビですか？」
第20回受賞 木村心一
イラスト：こぶいち むりりん